人要活得真实一点

糊涂一点 潇洒一点

季羡林 著

天津出版传媒集团

天津人民出版社

图书在版编目（CIP）数据

糊涂一点　潇洒一点 / 季羡林著 . -- 天津：天津人民出版社，2019.10（2022.3 重印）
ISBN 978-7-201-15379-7

Ⅰ . ①糊… Ⅱ . ①季… Ⅲ . ①散文集 – 中国 – 当代 Ⅳ . ① I267

中国版本图书馆CIP数据核字(2019)第215394号

糊涂一点　潇洒一点
HUTU YIDIAN　XIAOSA YIDIAN

季羡林　著

出　　　版	天津人民出版社
出 版 人	刘　庆
地　　　址	天津市和平区西康路 35 号康岳大厦
邮政编码	300051
邮购电话	（022）23332469
电子信箱	reader@tjrmcbs.com
责任编辑	玮丽斯
监　　制	黄　利　万　夏
特约编辑	曹莉丽
营销支持	曹莉丽
装帧设计	紫图图书 ZITO®
制版印刷	艺堂印刷（天津）有限公司
经　　销	新华书店
开　　本	880 毫米 ×1230 毫米　1/32
印　　张	8.25
字　　数	150 千字
版次印次	2019 年 10 月第 1 版　2022 年 3 月第 5 次印刷
定　　价	55.00 元

版权所有　侵权必究

图书如出现印装质量问题，请致电联系调换（022-23332469）

每个人都争取一个完满的人生。

然而，自古及今，海内海外，一个百分之百完满的人生是没有的。

所以我说，不完满才是人生。

在极其困难的环境中,
人生乐趣仍然是有的;
在任何情况下,
人生也绝不会只有痛苦。

一个人一生是什么样子，
年轻时怎样，中年怎样，
老年又怎样，
都应该如实地表达出来。

普天之下绝大多数的人,
争名于朝,争利于市。
尝到一点小甜头便喜不自胜,
碰到一个小钉子便忧思焚心。
他们是真糊涂,但并不自觉。

目录
CONTENTS

第 1 章
生命本来没有名字

如果人生真有意义与价值的话，
其意义与价值就在于对人类发展的承上启下、
承前启后的责任感。

———————————————————

人生的意义与价值 / 002

天下第一好事，还是读书 / 005

老年 / 008

那提心吊胆的一年 / 014

论压力 / 021

寂寞 / 024

思想斗争 / 029

终于找到了出路 / 032

不完满才是人生 / 036

新年抒怀 / 039

/ 糊涂一点 潇洒一点 /

第 2 章

存信仰而安宁

睁一只眼，闭一只眼，装作没有看见，
这是和稀泥、息事宁人的歪门邪道，
不属于中国老百姓崇高的伦理标准。

邻 人 / 052

送 礼 / 056

漫谈消费 / 062

一个老留学生的话 / 068

睁一只眼闭一只眼 / 076

坏人 / 079

衣着的款式 / 082

给"拆"字亮红灯 / 085

隔 膜 / 088

医生也要向病人学点什么 / 091

爱情 / 094

\目 录\

第 3 章

我是自己的主人

我自己是喜欢而且习惯于讲点实话的人。
讲别人，讲自己，
我都希望能够讲得实事求是，
水分越少越好。

糊涂一点，潇洒一点 / 104

辞"国学大师" / 108

辞"学界（术）泰斗" / 110

辞"国宝" / 112

我写我 / 125

做真实的自己 / 129

反躬自省 / 131

学术良心或学术道德 / 142

关于《两个小孩子》的一点纠正 / 145

/ 糊涂一点 潇洒一点 /

第 4 章

生活就是做简单的事

极其困难的环境中,
人生乐趣仍然是有的。
在任何情况下,
人生也绝不会只有痛苦。

晨趣 / 150

清塘荷韵 / 153

乌鸦和鸽子 / 159

山中逸趣 / 163

上海菜市场 / 168

黎明前的北京 / 171

喜雨 / 174

两个小孩子 / 179

\ 目 录 \

第 5 章

人间自有真情在

世界上无论什么名誉,什么地位,
什么幸福,什么尊荣,
都比不上待在母亲身边,
即使她一个字也不识。

月是故乡明 / 188

人间自有真情在 / 192

我的老师董秋芳先生 / 195

重返哥廷根 / 200

寸草心 / 211

赋得永久的悔 / 221

我的家 / 229

老猫 / 234

第 1 章

生命本来没有名字

如果人生真有意义与价值的话,
其意义与价值就在于对人类发展的承上启下、
承前启后的责任感。

人生的意义与价值

当我还是一个青年大学生的时候,报刊上曾刮起一阵讨论人生意义与价值的微风,文章写了一些,议论也发表了一通。我看过一些文章,但自己并没有参加进去。原因是,有的文章不知所云,我看不懂。更重要的是,我认为这种讨论本身就无意义,无价值,不如实实在在地干几件事好。

时光流逝,一转眼,自己已经到了望九之年,活得远远超过了我的预算。有人认为长寿是福,我看也不尽然。人活得太久了,对人生的种种相、众生的种种相,看得透透彻彻,反而鼓舞时少,叹息时多。远不如早一点离开人世这个是非之地,落一个耳根清净。

那么,长寿就一点好处都没有吗?也不是的。这对了解人

第一章　生命本来没有名字

生的意义与价值，会有一些好处的。

根据我个人的观察，对世界上绝大多数人来说，人生一无意义，二无价值。他们也从来不考虑这样的哲学问题。走运时，手里攥满了钞票，白天两顿美食城，晚上一趟卡拉OK，玩一点小权术，耍一点小聪明，甚至恣睢骄横，飞扬跋扈，昏昏沉沉，浑浑噩噩；等到钻入了骨灰盒，也不明白自己为什么活过一生。

其中不走运的则穷困潦倒，终日为衣食奔波，愁眉苦脸，长吁短叹。即使日子还能过得去的，不愁衣食，能够温饱，然而也终日忙忙碌碌，被困于名缰，被缚于利锁。同样是昏昏沉沉，浑浑噩噩，不知道为什么活过一生。

对这样的芸芸众生，人生的意义与价值从何处谈起呢？

我自己也属于芸芸众生之列，也难免浑浑噩噩，并不比任何人高一丝一毫。如果想勉强找一点区别的话，那也是有的：我，当然还有一些别的人，对人生有一些想法，动过一点脑筋，而且自认这些想法是有点道理的。

我有些什么想法呢？话要说得远一点。当今世界上战火纷飞，人欲横流，"黄钟毁弃，瓦釜雷鸣"，是一个十分不安定的时代。但是，对于人类的前途，我始终是一个乐观主义者。我

/ 糊涂一点　潇洒一点 /

相信，不管还要经过多少艰难曲折，不管还要经历多少时间，人类总会越变越好的，人类大同之域绝不会仅仅是一个空洞的理想。但是，想要达到这个目的，必须经过无数代人的共同努力。有如接力赛，每一代人都有自己的一段路程要跑。又如一条链子，是由许多环组成的，每一环从本身来看，只不过是微不足道的一点东西；但是没有这一点东西，链子就组不成。在人类社会发展的长河中，我们每一代人都有自己的任务，而且是绝非可有可无的。如果说人生有意义与价值的话，其意义与价值就在这里。

但是，这个道理在人类社会中只有少数有识之士才能理解。鲁迅先生所称之"中国的脊梁"，指的就是这种人。对于那些肚子里吃满了肯德基、麦当劳、比萨饼，到头来终不过是浑浑噩噩的人来说，有如夏虫不足以语冰，这些道理是没法谈的。他们无法理解自己对人类发展所应当承担的责任。

话说到这里，我想把上面说的意思简短扼要地归纳一下：如果人生真有意义与价值的话，其意义与价值就在于对人类发展的承上启下、承前启后的责任感。

1995 年

天下第一好事,还是读书

古今中外赞美读书的名人和文章,多得不可胜数。张元济先生有一句简单朴素的话:"天下第一好事,还是读书。""天下"而又"第一",可见他对读书重要性的认识。

为什么读书是一件"好事"呢?

也许有人认为,这问题提得幼稚而又突兀。这就等于问"为什么人要吃饭"一样,因为没有人反对吃饭,也没有人说读书不是一件好事。

但是,我认为,凡事都必须问一个"为什么",事出都有因,不应当马马虎虎,等闲视之。现在就谈一谈我个人的认识,谈一谈读书为什么是一件好事。

凡是事情古老的,我们常常总说"自从盘古开天地"。我

/ 糊涂一点　潇洒一点 /

现在还要从盘古开天地以前谈起，从人类脱离了兽界进入人界开始谈。人变成了人以后，就开始积累人的智慧，这种智慧如滚雪球，越滚越大，也就是越积越多。禽兽似乎没有发现有这种本领。人则不然，不但能随时增加智慧，而且根据我的观察，增加的速度越来越快，有如物体从高空下坠一般。到了今天，达到了知识爆炸的水平。最近一段时间以来，克隆使全世界的人都大吃一惊。有的人竟忧心忡忡，不知这种技术发展伊于胡底。

人类千百年以来保存智慧的手段不出两端：一是实物，比如长城等；二是书籍。以后者为主。在发明文字以前，保存智慧靠记忆；文字发明了以后，则使用书籍。把脑海里记忆的东西搬出来，搬到纸上，就形成了书籍，书籍是贮存人类代代相传的智慧的宝库。后一代的人必须读书，才能继承和发扬前人的智慧。人类之所以能够进步，永远不停地向前迈进，靠的就是能读书又能写书的本领。我常常想，人类向前发展，有如接力赛跑，第一代人跑第一棒；第二代人接过棒来，跑第二棒；以至第三棒、第四棒，永远跑下去，永无穷尽，这样智慧的传承也永无穷尽。这样的传承靠的主要就是书，书是事关人类智慧传承的大事。这样一来，读书不是"天下第一好事"又是什么呢？

但是，话又说回来，中国历代都有"读书无用论"的说法。读书的知识分子，古代通称之为"秀才"，常常成为被取笑的对象，比如说什么"秀才造反，三年不成"，是取笑秀才的无能。这话不无道理。在古代——请注意，我说的是"在古代"，今天已经完全不同了——造反而成功者几乎都是不识字的痞子流氓，中国历史上两个马上皇帝、开国"英主"——刘邦和朱元璋，都属此类。诗人只有慨叹"可惜刘项不读书"。"秀才"最多也只有成为这一批地痞流氓的"帮忙"或者"帮闲"，帮不上的就只好慨叹"儒冠多误身"了。

总而言之，"天下第一好事，还是读书"。

1997年4月8日

老年

记得很多年以前，自己还不到六十岁的时候，有人称我为"季老"，心中颇有反感，应之逆耳，不应又不礼貌，左右两难，极为尴尬。然而曾几何时，在不知不觉中，渐渐地听得入耳了，有时甚至还有点甜蜜感。自己吃了一惊：原来自己真是老了，而且也承认老了。至于这个大转变是从什么时候开始的，自己有点茫然懵然，我正在推敲而且研究。

不管怎样，一个人承认老是并不容易的。我的一位九十岁出头的老师有一天对我说，他还不觉得老，其他可知了。我认为，在这里关键是一个"渐"字。若干年前，我读过丰子恺先生一篇含有浓厚哲理的散文，讲的就是这个"渐"字。这个字有大神通力，它在人生中的作用绝不能低估。人们有了忧愁痛苦，如果不渐渐地淡化，则一定会活不下去的。人们逢到极大的喜事，如果不渐渐地恢复平静，则必然会忘乎所以，高兴得发狂。人们进入老境，也是逐渐感觉到的。能够感觉到老，其妙无穷。

人们渐渐地觉得老了，从积极方面来讲，它能够提醒你：一个人的岁月绝不是取之不尽用之不竭的，应该抓紧时间，把想做的事情做完、做好，免得无常一到，后悔无及。从消极方面来讲，一想到自己的年龄，那些血气方刚时干的勾当就不应该再去硬干。个别喜欢争名于朝、争利于市的人，或许也能收敛一点。老之为用大矣哉！

我自己是怎样对待老年的呢？说来也颇为简单。我虽年届耄耋，内部零件也并不都非常健全，但是我处之泰然。我认为，人上了年纪，有点这样那样的病，是合乎自然规律的，用不着大惊小怪。如果年老了，硬是一点病都没有，人人活上二三百岁甚至更长的时间，那么今天狂呼"老龄社会"者，恐怕连嗓子也会喊哑，而且吓得浑身发抖，连地球也会被压塌的。我不想做长生的梦。我对老年，甚至对人生的态度是道家的。我信奉陶渊明的两句诗：

/ 糊涂一点　潇洒一点 /

纵浪大化中，

不喜亦不惧。

这就是我对待老年的态度。

看到我已经有了一把年纪，好多人都问我：有没有什么长寿秘诀。我的答复是：我的秘诀就是没有秘诀，或者不要秘诀。

我常常看到有一些相信秘诀的人，禁忌多如牛毛。这也不敢吃，那也不敢尝。比如，吃鸡蛋只吃蛋清，不吃蛋黄，因为据说蛋黄胆固醇高；动物内脏绝不入口，同样因为胆固醇高。有的人吃一个苹果要消三次毒，然后削皮；削皮用的刀子还要消毒，不在话下；削了皮以后，还要消一次毒，此时苹果已经毫无苹果味道，只剩下消毒药水味了。

从前有一位化学系的教授，吃饭要仔细计算卡路里的数量，再计算维生素的数量，吃一顿饭用的数学公式之多等于一次实验。结果怎样呢？结果每月饭费超过别人十倍，人却瘦成一只"干巴鸡"。一个人到了这个地步，还有什么人生之乐呢？如果再戴上放大百倍的显微镜眼镜，则所见者无非细菌，试问他还能活下去吗？

第一章 \ 生命本来没有名字 \

至于我自己呢，我决不这样做，我一无时间，二无兴趣。凡是我觉得好吃的东西我就吃，不好吃的我就不吃，或者少吃，卡路里、维生素统统见鬼去吧。心里没有负担，胃口自然就好，吃进去的东西都能很好地消化。再辅之以腿勤、手勤、脑勤，自然百病不生了。脑勤我认为尤其重要。如果非要让我讲出一个秘诀不行的话，那么我的秘诀就是：千万不要让脑筋懒惰，脑筋要永远不停地思考问题。

我已年届耄耋，但是，专就北京大学而论，倚老卖老，我还没有资格。在教授中，按年龄排队，我恐怕还要排到二十多位以后。我幻想眼前有一个按年龄顺序排列的向八宝山进军的北大教授队伍。我后面的人当然很多。但是向前看，我还算不上排头，心里颇得安慰，并不着急。可是偏有一些排在我后面的比我年轻的人，风风火火，抢在我前面，越过排头，登上山去。我心里实在非常惋惜，又有点怪他们，今天我国的平均寿命已经超过七十岁，比中华人民共和国成立前增加了一倍，你们正在精力旺盛时期，为国效力正是好时机，为什么非要抢先登山不行呢？这我无法阻拦，恐怕也非本人所愿。不过我已下定决心，决不抢先夹塞。

不抢先夹塞活下去目的何在呢？要干些什么事呢？我一向

有一个自己认为是正确的看法：人吃饭是为了活着，但活着不是为了吃饭。到了晚年，更是如此。我还有一些工作要做，这些工作对人民、对祖国都还是有利的，不管这个"利"是大是小。我要把这些工作做完，同时还要再给国家培养一些人才。

我仍然要老老实实干活，清清白白做人，决不干对不起祖国和人民的事；要尽量多为别人着想，少考虑自己的得失。

人过了八十，金钱富贵等同浮云，要多为下一代操心，少考虑个人名利，写文章决不剽窃抄袭，欺世盗名。

要说的话已经说完，但是我还想借这个机会发点牢骚。我在上面提到"老龄社会"这个词儿。这个概念我是懂得的，有一些措施我也是赞成的。什么干部年轻化，教师年轻化，我都举双手赞成。但是我对报纸上天天大声叫嚷"老龄社会"，有极大的反感。好像人一过六十就成了社会的包袱，成了阻碍社会进步的绊脚石，我看有点危言耸听，不知道用意何在。

我自己已是老人，我也观察过许多别的老人。他们中游手好闲者有之，躺在医院里不能动的有之，天天提鸟笼持钓竿者有之，如此等等，不一而足。但这只是少数，并不是老人的全部。

还有不少老人虽然已经寿登耄耋，年逾期颐，向着白寿甚至茶寿进军，但仍然勤勤恳恳，焚膏继晷，兀兀穷年，难道这

第一章 \ 生命本来没有名字 \

样一些人也算是社会的包袱吗?

我倒不一定赞成"姜是老的辣"这样一句话。年轻人朝气蓬勃,是我们未来希望之所在,让他们登上要路津,是完全必要的。但是对老年人也不必天天絮絮叨叨,耳提面命:"你们已经老了!你们已经不行了!对老龄社会的形成你们难辞其咎呀!"这样做有什么用处呢?

随着生活的日益改善,人们的平均寿命还要提高,将来老年人在社会中所占的比例还要提高。听说从前钱玄同先生主张,人过四十一律枪毙。这只是愤激之辞,有人作诗讽刺他自己也活过了四十而照样活下去。我们有人老是为社会老龄化担忧,难道能把六十岁以上的人统统赐自尽吗?

老龄化同人口多不是一码事。担心人口爆炸,用计划生育的办法就能制止。老龄化是自然趋势,而且无法制止。既然无法制止,就不必瞎嚷,这是徒劳无益的。我总怀疑,"老龄化"这玩意儿也是从外国进口的舶来品。西方人有同我们不同的伦理观念。我们大可以不必东施效颦。质诸高明,以为如何?

牢骚发完,文章告终,过激之处,万望包容。

1991 年

那提心吊胆的一年

这已经是过去的事情了。现在旧事重提,好像是拣起一面古镜。用这一面古镜照一照今天,才更能显出今天的光彩焕发。

二十多年以前,我在大学里学习了四年西方语言文学以后,带着满脑袋的荷马、但丁、莎士比亚和歌德,回到故乡母校高级中学去当教员。

当我走进学校大门的时候,我的心情是复杂的。可以说是一则以喜,一则以惧。喜的是我终于抓到了一个饭碗,这简直是绝处逢生;惧的是我比较熟悉的那一套东西现在用不上了,现在要往脑袋里面装屈原、李白和杜甫。

从一开始接洽这个工作,我脑子里就有一个问号:在那找

第一章　生命本来没有名字

饭碗如登天的时代里,为什么竟有一个饭碗自动地送上门来?我预感到这里面隐藏着什么危险的东西。但是,没有饭碗,就吃不成饭。我抱着铤而走险的心情想试一试再说。到了学校,才逐渐从别人的谈话中了解到,原来是校长想把本校的毕业生组织起来,好在对敌斗争中为他助一臂之力。我是第一届甲班的毕业生,又捞到了一张一个著名大学的毕业证书;因此就被他看中,邀我来教书。英文教员满了额,就只好让我教语文。

就教语文吧。我反正是瘸子掉在井里——捞起来也是坐。只要有人敢请我,我就敢教。

但是,问题没有这样简单。我要教三个年级的三个班,备课要顾三头,而且都是古典文学作品。我小时候虽然念过一些《诗经》《楚辞》,但是时间隔了这样久,早已忘得差不多了。现在要教人,自己就要先弄懂。可是,真正弄懂又不是一件轻而易举的事情。现在教语文的同事都是我从前的教员。我本来应该而且可以向他们请教的。但是,根据我的观察,现在我们之间的关系变了:不再是师生,而是饭碗的争夺者。在他们眼中,我几乎是一个眼中钉。即使我问他们,他们也不会告诉我的。我只好一个人单干。我日夜抱着一部《辞源》,加紧备课。有的典故查不到,就成天半夜地绕室彷徨。窗外校园极美,正

/ 糊涂一点 潇洒一点 /

盛开着木槿花。在暗夜中,阵阵幽香破窗而入。整个宇宙都静了下来,只有我一人还不能宁静。我仿佛为人所遗弃,很想到什么地方去哭上一场。

我的老师们也并不是全不关心他们的老学生。我第一次上课以前,他们告诉我,先要把学生的名字都看上一遍,学生名字里常常出现一些十分生僻的字,有的话就查一查《康熙字典》。如果第一堂就念不出学生的名字,在学生心目中这个教员就毫无威信,不容易当下去,会影响到饭碗。如果临时发现了不认识的字,就不要点这个名。点完后只需问上一声:"还有没点到名的吗?"那一个学生一定会举手站起来。然后再问一声:"你叫什么名字呀?"他自己一报名,你也就认识了那一个字。如此等等,威信就可以保得十足。

这虽是小小的一招,我却是由衷感激。我教的三个班果然有几个学生的名字连《辞源》上都查不到。如果没有这一招,我的威信恐怕一开始就破了产,连一年教员也当不成了。

可是课堂上也并不总是平静无事。我的学生有的比我还大,从小就在家里念私塾,旧书念得很不少。有一个学生曾对我说:"老师,我比你大五岁哩。"说罢嘿嘿一笑,我觉得里面有威胁,有嘲笑。比我大五岁,又有什么办法呢?我这老师反

第一章 生命本来没有名字

正还要当下去。

当时好像有一种风气：教员一定要无所不知。学生以此要求教员，教员也以此自居。在课堂上，教员决不能承认自己讲错了，决不能有什么问题答不出。否则就将为学生所讥笑。但是像我当时那样刚从外语系毕业的大娃娃教语文怎能完全讲对呢？怎能完全回答同学们提出来的问题呢？有时候，只好"王顾左右而言他"；被逼得紧了，就硬着头皮，乱说一通。学生究竟相信不相信，我不清楚。反正他们也不是傻子，老师究竟多轻多重，他们心中有数。我自己十分痛苦。下班回到寝室，思前想后，坐立不安。孤苦寂寥之感又突然袭来，我又仿佛为人们所遗弃，想到什么地方去哭上一场。

别的教员怎样呢？他们也许都有自己的烦恼，"家家有一本难念的经"。但是有几个人却是整天价满面春风，十分愉快。我有时候也从别人嘴里听到一些风言风语，说某某人陪校长太太打麻将了，某某人给校长送礼了，某某人请校长夫妇吃饭了。

我立刻想到自己的饭碗，也想学习他们一下。但是，来了问题：买礼物，准备酒席，都不是极困难的事情。可是，怎样送给人家呢？怎样请人家呢？如果只说："这是礼物，我要送给你。"或者："我要请你吃饭。"虽然也难免心跳脸红，但我自问

/ 糊涂一点　潇洒一点 /

还干得了。可是,这显然是不行的,事情并没有这样简单,一定还要耍一些花样。这就是我力所不能及的事情了。我在自己屋里,再三考虑,甚至自我表演,暗诵台词。最后,我只有承认,我在这方面缺少天才,只好作罢。我仿佛看到自己手里的饭碗已经有点飘动。我真想到什么地方去哭上一场。

就这样,半年过去了。到了放寒假的时候,一位河南籍的物理教员,因为靠山教育厅的一位科长垮了台,就要被解聘。校长已经托人暗示给他,他虽然没有出路,也只有忍痛辞职。我们校长听了,故意装得大为震惊,三番两次到这位教员屋里去挽留,甚至声泪俱下,最后还表示要与他共进退。我最初只是一位旁观者,站在旁边看校长的表演艺术,欣赏他的表演天才。但是,看来看去,我自己竟糊涂起来,我被校长的真挚态度感动了。我也自动地变成演员,帮着校长挽留他。那位教员阅历究竟比我深,他不为所动,还是卷了铺盖。因为他知道,连他的继任人选都已经安排好了。

我又长了一番见识,暗暗地责备自己糊涂。同时,我也不寒而栗,将来会不会有一天校长也要同我"共进退"呢?

也就在这时候,校长大概逐渐发现,在我这个人身上,他失了眼力,看错了人。我到了学校以后,虽然也在别人的帮助

（毋宁说是牵引）下，把高中毕业同学组织起来，并且被选为什么主席。但是，从那以后，就一点活动也没有。我确实不知道，应该活动一些什么。虽然我绞尽脑汁，办法就是想不出。这样当然就与校长原意相违了。他表面上待我还是客客气气。只是有一次在有意和无意之间他对我说道："你很安静。"什么叫作"安静"呢？别人恐怕很难体会这两个字的意思，我却是能体会的。我回到寝室，又绕室彷徨。"安静"两个字给我以大威胁。我的饭碗好像就与这两个字有关。我又仿佛为人所遗弃，想到什么地方去哭上一场。

春天早过，夏天又来，这正是中学教员最紧张的时候。在教员休息室里，经常听到一些窃窃私语："拿到了没有？"不用说拿到什么，大家都了解，这指的是下学期的聘书。有的神色自若，微笑不答。这都是有办法的人，与校长关系密切，或者属于校长的基本队伍。只要校长在，他们绝不会丢掉饭碗。有的就神色仓皇，举止失措。这样的人没有靠山，饭碗掌握在别人手里，命定是一年一度紧张。我把自己归入这一类。我的神色如何，自己看不见，但是心情自己是知道的。校长给我下的断语是"安静"，我觉得，就已经决定了我的命运。但我还侥幸有万一的幻想，因此在仓皇中还有一点镇静。

但是，这镇静是不可靠的。我心里的滋味实际上同一年前大学将要毕业时差不多。我见了人，不禁也窃窃私语："拿到了没有？"我不喜欢那些神态自若的人。我只愿意接近那些神色仓皇的人。只有对这一些人我才有同病相怜之感。

这时候，校园更加美丽了。木槿花虽还开放，但已经长满了绿油油的大叶子。玫瑰花开得一丛一丛的，池塘里的水浮莲已经开出黄色的花朵。"小园香径独徘徊"，是颇有诗意的。可惜我什么诗意都没有。我耳边只有一个声音："拿到了没有？"我觉得，大地茫茫，就是没有我的容身之处。我又想到什么地方去哭上一场。

这事情已经过去了二十多年。但是，每一回忆起那提心吊胆的情况，就历历如在眼前，我真是永世难忘。现在把它写了出来，算是送给今年毕业同学的一件礼物，送给他们一面镜子。在这里面，可以照见过去与现在，可以照出自己应该走的道路。

1963 年 7 月 21 日

论压力

《参考消息》今年7月3日以半版的篇幅介绍了外国学者关于压力的说法。我也正考虑这个问题，因缘和合，不免唠叨上几句。

什么叫"压力"？上述文章中说："压力是精神与身体对内在与外在事件的生理与心理反应。"下面还列了几种特性，今略。我一向认为，定义这玩意儿，除在自然科学上可能确切外，在人文社会科学上则是办不到的。上述定义我看也就行了。

是不是每一个人都有压力呢？我认为，是的。我们常说，人生就是一场拼搏，没有压力，哪来的拼搏？佛家说，生、老、病、死、苦，苦也就是压力。过去的国王、皇帝，近代外

/ 糊涂一点 潇洒一点 /

国的独裁者,无法无天,为所欲为,看上去似乎一点压力都没有。然而他们战战兢兢,时时如临大敌,担心边患,担心宫廷政变,担心被毒害被刺杀。他们是世界上最孤独的人,压力比任何人都大。大资本家钱太多了,担心股市升降,房地产价格波动,等等。至于吾辈平民老百姓,"家家有一本难念的经",这些都是压力,谁能躲得开呢?

压力是好事还是坏事?我认为是好事。从大处来看,现在全球环境污染,生态平衡遭破坏,臭氧层出洞,人口爆炸,新疾病丛生,等等,人们感觉到了,这当然就是压力,然而压出来的是增强忧患意识,增强防范措施,这难道不是天大的好事吗?对一般人来说,法律和其他一切合理的规章制度,都是压力。然而这些压力何等好啊!没有它们,社会将会陷入混乱,人类将无法生存。这个道理极其简单明了,一说就懂。我举自己作一个例子。我不是一个没有名利思想的人——我怀疑真有这种人,过去由于一些我曾经说过的原因,表面上看起来,我似乎是淡泊名利,其实那多半是假象。但是,到了今天,我已至望九之年,名利对我已经没有什么用,用不着再争名于朝,争利于市,这方面的压力没有了。但是来了另一方面的压力,主要来自电台采访和报刊以及友人约写文章。这对我形成颇大的压力。以写文章而论，有的我实在不愿意写；可是碍于面子，不得不应。应就是压力。于是"拨冗"苦思，往往能写出有点新意的文章。对我来说，这就是压力的好处。

压力如何排除呢？粗略来分类，压力来源可能有两类：一被动，一主动。天灾人祸、意外事件，属于被动，这种压力，无法预测，只有泰然处之，切不可杞人忧天。主动的来源于自身，自己能有所作为。我的"三不主义"的第三条是"不嘀咕"，我认为：能做到遇事不嘀咕，就能排除自己制造成的压力。

1998 年 7 月 8 日

寂寞

寂寞像大毒蛇，盘住了我整个的心，我自己也奇怪：几天前喧腾的笑声现在还萦绕在耳际，我竟然给寂寞克服了吗？

但是，克服了是真的，奇怪又有什么用呢？笑声虽然萦绕在耳际，早已恍如梦中的追忆了，我只有一颗心，空虚寂寞的心被安放在一个长方形的小屋里。我看四壁，四壁冰冷像石板，书架上一行行排列着的书，都像一行行的石块，床上棉被和大衣的折纹也都变成雕刻家手下的作品了。死寂，一切死寂，更死寂的却是我的心，——我到庞培（Pompaii）了么？不，我自己证明没有，隔了窗子，我还可以看见袅动的烟缕，虽然还在袅动，但是又是怎样地微弱呢，——我到西敏寺（Westminster Abbey）了么？我自己又证明没有，我看不到阴

第一章 \ 生命本来没有名字 \

森的长廊,看不到诗人的墓圹,我只是被装在一个长方形的小屋里,四周圈着冰冷的石板似的墙壁。我究竟在什么地方呢?桌子上那两盆草的蔓长嫩绿的枝条,反射在镜子里的影子,我透过玻璃杯看到的淡淡的影子;反射在电镀过的小钟座上的影子,在平常总轻轻地笼罩上一层绿雾,不是很美丽有生气的吗,为什么也变成浮雕般呆僵不动呢?——一切都完了,一切都给寂寞吞噬了,寂寞凝定在墙上挂的相片上,凝定在屋角的蜘蛛网上,凝定在镜子里我自己的影子上……

一切都真的给寂寞吞噬了吗?不,还有我自己,我试着抬一抬胳膊,还能抬得起;我摆了摆头,镜子里的影子也还随着动。我自己问:是谁把我放在这里的呢?是我自己。现在我才发现,就是自己,我能逃……

我能逃,然而,寂寞又跟上我了呀!在平常我们跑着百米抢书的图书馆,不是很热闹的吗?现在为什么也这样冷清呢?我从这头看到那头,像看到一个朦胧的残梦,淡黄的阳光从窗子里穿进来造成一条光的路,又射在光滑的桌面上,不耀眼,不辉腾,只是死死地贴在桌上,像——像什么呢?我不愿意说,像乡间黑漆棺材上贴的金边。寥寥的几个看书的,错落地散坐着,使我想到月明夜天空的星子,但也都石像似的坐着,不响也不动。是人么？不是，我左右看全不像。像木乃伊？又不像，因为我闻不到木乃伊应该有的那种香味。像死尸？有点，但也不全像，——我看到他们僵坐的姿势了，我看到他们一个个的翻着的死白的眼了。我现在知道他们像什么，像鱼市里的死鱼，一堆堆地排列着，鼓着肚皮，翻着白眼，可怕！然而我能逃，然而寂寞又跟上了我，我向哪里逃呢？

到了世界的末日了吗？世界的末日，多可怕！以前我曾自己想象，自己是世界上最后的一个生物，因了这无谓的想象，我流过不知多少汗，但是现在真教我尝到这个滋味了。天空倒挂着，像个盆；远处的西山、近处的楼台，都仿佛剪影似的贴在这灰白盆底上。小鸟缩着脖子站在土山上，不动，像博物馆里的标本，流水在冰下低缓地唱着丧歌，天空里破絮似的云片，看来像一贴贴的膏药，糊在我这寂寞的心上，枯枝丫杈着，看来像鱼刺，也刺着我这寂寞的心。

但是，我在身旁发现有人影在游动了，我知道，我自己不是世界上最后的生物，我在内心浮起一丝笑意，但是（又是但是）没等这笑意浮到脸上，我又看到我身旁的人也同样翻着死白的眼。像木乃伊？像僵尸？像鱼市上陈列的死鱼？谁耐心去管，战栗通过了我全身，我想逃；寂寞驱逐着我，我想逃。向

第一章　生命本来没有名字

哪里逃呢？——天哪！我不知道向哪里逃了。

夜来了，随了夜来的是更多的寂寞，当我从外面走回宿舍的时候，四周死一般沉寂，但总仿佛有窸窣的脚步声绕在我四围。说声，其实哪里有什么声呢？只是我觉得有什么东西跟着我而已。倘若在白天，我一定说这是影子；倘若睡着了，我一定说这是梦。究竟是什么呢？我知道，这是寂寞，从远处我看到压在黑暗的夜气下面的宿舍，以前不是每个窗子都射出温热的软光来么？但是，变了，一切都变了，大半的窗子都黑黑的，闭着寥寥的几个窗子，无力地迸射出几条光线来，又都是怎样暗淡灰白呢？——不，这不是窗子里射出来的灯光，这是墓地里的鬼火，这是魔窟里发出的魔光，我是到鬼影憧憧的世界里了，我自己也成鬼影了。

我平卧在床上，让柔弱的灯光流在我身上，让寂寞在我四周跳动，静听着远处传来的登登的足音，隐隐地，细细弱弱到听不清，听不见了。这声音从哪里传来的呢？是从辽远又辽远的国土里呀！是从寂寞的大沙漠里呀！但是，又像比辽远的国土更辽远；我的小屋是坟墓，这声音是从墓外过路人的脚下蹴出来的呀！离这里多远呢？想象不出，也不能想象。望吧！是一片茫茫的白海流布在中间。海里是什么呢？是寂寞。

/ 糊涂一点　潇洒一点 /

　　隔了窗子,外面是死寂的夜,从蒙翳的玻璃里看出去,不见灯光,不见一切东西的清晰的轮廓,只是黑暗;在黑暗里的迷离的树影,丫杈着,刺着暗灰的天。在三个月前,这秃光的枯枝上,有过一串串的叶子,在萧瑟的秋风里打战,又罩上一层淡淡的黄雾。再往前,在五六个月以前吧,同样的这枯枝上织一丛丛的茂密的绿,在雨里凝成浓翠,在毒阳下闪着金光。倘若再往前推,在春天里,这枯枝上嵌着一颗颗火星似的红花,远处看,辉耀着,像火焰,——但是,一转眼,溜到现在。现在怎样了呢?变了,全变了,只剩了秃光的枯枝,刺着天空,把小小的温热的生命力蕴蓄在这枯枝的中心,外面披上这层刚劲的皮,忍受着北风的狂吹,忍受着白雪的凝固,忍受着寂寞的来袭,同我一样。它也该同我一样切盼着春的来临,切盼着寂寞的退走吧。春什么时候会来呢?寂寞什么时候会走呢?这漫漫的长长的夜,这漫漫的更长的冬……

1934 年 1 月 22 日

思想斗争

我在这里讲的"思想斗争",不是后来我们所理解的那一套废话,而是有关我的学术研究的。我曾多次提到,在印度学领域内,我的兴趣主要在印度古代及中世佛典梵文上,特别是在"混合梵文"上。上述我的博士论文以及我在哥廷根写的几篇论文可以为证。然而做这样的工作需要大量的专业的专著和杂志。哥廷根大学图书馆和梵文研究所图书室是具备这个条件的。在哥廷根十年,我写论文用了上千种专著和杂志,只有一次哥廷根缺书而不得不向普鲁士国家图书馆去借,可见其收藏之富。反观我国,虽然典籍之富甲天下,然而,谈到印度学的书刊,则几乎是一片沙漠。这个问题,我在离开欧洲时已经想到了。我的所谓"思想斗争"就是围绕着这个问题而开始萌

/ 糊涂一点　潇洒一点 /

动的。

我虽少无大志，但一旦由于天赐良机而决心走上学术研究的道路，就像是过河卒子，只能勇往向前，义无反顾。可是我要搞的工作，不是写诗、写小说，只要有灵感就行，我是需要资料的，而在当时来说，只有欧洲有。而我现在又必须回国，顾彼失此，顾此失彼，"我之进退，实为狼狈"。正像哈姆莱特一样，摆在我眼前的是：走呢，还是不走？"That is a question"。在激烈的思想斗争之余，想到祖国在灾难中，在空前的灾难中，我又是亲老、家贫、子幼。如果不回去，我就是一个毫无良心的、失掉了人性的人。如果回去，则我的学术前途将付诸东流。最后我想出了一个折中的方案：先接受由 G. Haloun 先生介绍的英国剑桥大学的聘约，等到回国后把家庭问题处理妥善了以后，再返回欧洲，从事我的学术研究。这实在是在万般无奈的情况下想出来的一个办法。

一回到祖国，特别是在1947年暑假乘飞机返回已经离开十二年的济南以后，看到了家庭中的真实情况，比我想象的还要严重得多，我立即忍痛决定，不再返回欧洲。我不是一个失掉天良的人，我为人子、为人夫、为人父的责任，必须承担起来。我写信给 Haloun 教授，告诉了他我的决定，他回信表示理

第一章　生命本来没有名字

解和惋惜。有关欧洲的"思想斗争",就这样结束了。

然而新的"思想斗争"又随之而起。我既然下定决心,终生从事研究工作,我的处境已如京剧戏言中所说的:"马行在夹道内,难以回马。"研究必有对象,可是我最心爱的对象印度古代混合梵文已经渺如海上三山,可望而不可即了。新的对象在哪里呢?我的兴趣一向驳杂,对好多学问,我都有兴趣。这更增加了选择的困难。只因有了困难,才产生了"思想斗争"。这个掂一掂,那个称一称,久久不能决定。我必须考虑两个条件:一个是不能离开印度,一个是国内现成的资料充足。离开了印度,则我十年所学都成了无用之物;资料不够充足,研究仍会遇到困难。我的考虑或者我的"思想斗争",都必须围绕着这两个条件转。当时我初到一个新的环境中,对时间的珍惜远远比不上现在。"斗争"没有结果,就暂时先放一放吧。

终于找到了出路

当时北大文学院和法学院的办公室都在沙滩红楼后面的北楼。校长办公室则在孑民纪念堂前的东厢房内，西厢房是秘书长办公室。所谓"秘书长"，主要任务同今天的总务长差不多，处理全校的一切行政事务。秘书长以外，还有一位教务长，主管全校的教学工作。没有什么副校长。全校有六个学院：文、理、法、农、工、医。这样庞大的机构，管理人员并不多，不像现在大学范围内有些嘴损的人所说的："校长一走廊，处长一讲堂，科长一操场。"我无意宣扬旧时代有多少优点，但是，上面这个事实确实值得我们深思。

北大图书馆就在北楼前面，专门给了我一间研究室。我能够从书库中把我所用的书的一部分提出来，放在我的研究室中。我了解到，这都是出于文学院院长汤锡予先生和图书馆馆长毛子水先生的厚爱。现在我在日本和韩国还能见到这情况，中国的大学，至少是在北大，则是不见了。这样做，对一个教授的研究工作，有极大的方便。汤先生还特别指派了一个研究生马理女士做我的助手，帮我整理书籍。马理是已故北大语文系主任马裕藻教授的女儿，赫赫有名的马珏的妹妹。

北大图书馆藏书甲大学的天下。但是有关我那专门研究范围的书，却如凤毛麟角。全国第一大图书馆北京图书馆，比较起来，稍有优越之处；但是，除了并不完整的巴利文藏经和寥寥几本梵文书外，其他重要的梵文典籍一概不见。燕京大学图书馆是注意收藏东方典籍的，可是这情况是1952年院系调整后才知道的，中华人民共和国成立前，我毫无所知。即使燕大收藏印度古代典籍稍多，但是同欧洲和日本的图书馆比较起来，真如小巫见大巫，根本不可能同日而语。

在这样的情况下，我真如虎落平川、龙困沙滩，纵有一身武艺，却无用武之地。我虽对古代印度语言的研究恋恋难舍，却是一筹莫展。我搞了一些翻译工作，翻译了马克思论印度的几篇论文，翻译了德国女作家安娜·西格斯的短篇小说。我还翻译了恩格斯用英文写成的《英国工人阶级状况》，只完成了一本粗糙的译稿，后来由中共中央马列著作翻译局拿了去整理出版，收入《马克思恩格斯全集》中。这些工作都不是我真正兴趣之所在，不过略示一下我是一个闲不住的人而已。

这远远不能满足我那种闲不住的心情。当时的东方语言文学系，教员不过五人，学生人数更少。如果召开全系大会的话，在我那只有十几平方米的系主任办公室里就绰绰有余。我开了一班梵文，学生只有三人。其余的蒙文、藏文和阿拉伯文，一个学生也没有。我"政务"清闲，天天同一位系秘书在办公室里对面枯坐，既感到极不舒服，又感到百无聊赖。当时文学院中任何形式的会都没有，学校也差不多，有一个教授会，不过给大家提供见面闲聊的机会，一点作用也不起的。

汤用彤先生正开一门新课《魏晋玄学》。我对汤先生的道德文章极为仰慕。他的著作虽已读过，但是，我在清华从未听过他的课，极以为憾。何况魏晋玄学的研究，先生也是海内第一人。课堂就在三楼上，我当然不会放过。于是征求了汤先生的同意，我每堂必到。上课并没有讲义，他用口讲，我用笔记，而且尽量记得详细完整。他讲了一年，我一堂课也没有缺过。汤先生与胡适之先生不同，不是口若悬河的人。但是他讲得细密、周到，丝丝入扣，时有精辟的见解，如石破天惊，令人豁然开朗。我的笔记至今还保存着，只是"只在此室中，书深不知处"了。此外，我因为感到自己中国音韵学的知识欠缺，周祖谟先生适开此课，课堂也在三楼上，我也得到了周先生的同意去旁听。周先生比我年轻几岁，当时可能还不是正教授。别人觉得奇怪，我则处之泰然。一个系主任教授随班听课，北大恐尚未有过，但是，这有什么关系呢？能者为师。在学问上论资排辈，为我所不取。

然而我心中最大的疙瘩还没有解开：旧业搞不成了，我何去何从？在哥廷根大学汉学研究所图书室阅书时，因为觉得有兴趣，曾随手从《大藏经》中，从那一大套笔记丛刊中，抄录了一些有关中印关系史和德国人称之为"比较文学史"（Vergleichende Literaturgeschichte）的资料。当时我还并没有想毕生从事中印关系史和比较文学史的研究工作，虽然在下意识中觉得这件工作也是十分有意义的，非常值得去做的。回国以后，尽管中国图书馆中关于印度和比较文学史的书籍极为匮乏，但是中国典籍则浩瀚无量。倘若研究中印文化关系史和比较文学史，至少中国这一边的资料是取之不尽、用之不竭的，而且这个课题至少还同印度沾边，不致十年负笈，前功尽弃。我反复思考，掂斤播两，觉得这真是一个极为灵妙的主意。虽然我心中始终没有忘记印度古代语言的研究，但目前也只能顺应时势，有多大碗吃多少饭了。

我终于找到了出路。

不完满才是人生

每个人都争取一个完满的人生。然而,自古及今,海内海外,一个百分之百完满的人生是没有的。所以我说,不完满才是人生。

关于这一点,古今的民间谚语、文人诗句,说到的很多很多。最常见的比如苏东坡的词:"人有悲欢离合,月有阴晴圆缺,此事古难全。"南宋方岳(根据吴小如先生考证)的诗句:"不如意事常八九,可与人言无二三。"这都是我们时常引用的,脍炙人口的。类似的例子还能够举出成百上千来。

这种说法适用于一切人,旧社会的皇帝老爷子也包括在里面。他们君临天下,"率土之滨,莫非王土",可以为所欲为;杀人灭族,小事一端。按理说,他们不应该有什么不如意的事。然而实际上,王位继承、宫廷斗争,比民间残酷万倍。他

第一章 \ 生命本来没有名字 \

们威仪俨然地坐在宝座上,如坐针毡。虽然捏造了"龙驭上宾"这种神话,但他们自己也并不相信。他们想方设法以求得长生不老,他们最怕"一旦魂断,宫车晚出"。连英主如汉武帝、唐太宗之辈也不能"免俗"。汉武帝造承露金盘,妄想饮仙露以长生;唐太宗服印度婆罗门的灵药,期望借此以不死。结果,事与愿违,仍然是"龙驭上宾"呜呼哀哉了。

在这些皇帝手下的大臣们,"一人之下,万人之上",权力极大,骄纵恣肆;贪赃枉法,无所不至。在这一类人中,好东西大概极少,否则包公和海瑞等绝不会流芳千古,久垂宇宙了。可这些人到了皇帝跟前,只是一个奴才,常言道:伴君如伴虎,可见他们的日子并不好过。据说明朝的大臣上朝时在笏板上夹带一点鹤顶红,一旦皇恩浩荡,钦赐极刑,连忙用舌尖舔一点鹤顶红,立即涅槃,落得一个全尸。可见这一批人的日子也并不好过,谈不到什么完满的人生。

至于我辈平头老百姓,日子就更难过了。中华人民共和国成立后,不能说与之前没有区别,可是一直到今天,仍然是"不如意事常八九"。早晨在早市上被小贩"宰"了一刀;在公共汽车上被扒手割了包,踩了人一下,或者被人踩了一下,根本不会说"对不起"了,代之以对骂,或者甚至演出全武行。到了商店,难免买到假冒伪劣的商品,又得生一肚子气。谁能说，我们的人生多是完满的呢？

再说到我们这一批手无缚鸡之力的知识分子，在历史上一生中就难得过上几天好日子。只一个"考"字，就能让你谈"考"色变。"考"者，考试也。在旧社会科举时代，"千军万马过独木桥"，要上进，只有科举一途，你只需读一读吴敬梓的《儒林外史》，就能淋漓尽致地了解到科举的情况。以周进和范进为代表的那一批举人、进士，其窘态难道还不能让你胆战心惊、啼笑皆非吗？

现在我们运气好，得生于新社会中。然而那一个"考"字，宛如如来佛的手掌，你别想逃脱得了。幼儿园升小学，考；小学升初中，考；初中升高中，考；高中升大学，考；大学毕业想当硕士，考；硕士想当博士，考。考，考，考，变成烤，烤，烤；一直到知命之年，厄运仍然难免。现代知识分子落到这一张密而不漏的天网中，无所逃于天地之间，我们的人生还谈什么完满呢？

灾难并不限于知识分子，"人人有一本难念的经"，所以我说"不完满才是人生"。这是一个"平凡的真理"；但是真能了解其中的意义，对己对人都有好处。对己，可以不烦不躁；对人，可以互相谅解。这会大大地有利于整个社会的安定团结。

1998 年 8 月 20 日

新年抒怀

除夕之夜,半夜醒来,一看表,是一点半钟,心里轻轻地一颤:又过去一年了。

小的时候,总希望时光快快流逝,盼过节,盼过年,盼迅速长大成人。然而,时光却偏偏好像停滞不前,小小的心灵里溢满了愤愤不平之气。

但是,一过中年,人生之车好像是从高坡上滑下,时光流逝得像电光一般;它不饶人,不了解人的心情,愣是狂奔不已。一转眼间,"两岸猿声啼不住,轻舟已过万重山"。滑过了花甲,滑过了古稀,少数幸运者或者什么者,滑到了耄耋之年。人到了这个境界,对时光的流逝更加敏感。年轻的时候考虑问题是以年计,以月计。到了此时,是以日计,以小时

/ 糊涂一点　潇洒一点 /

计了。

我是一个幸运者或者什么者,眼前正处在耄耋之年。我的心情不同于青年,也不同于中年,纷纭万端,绝不是三两句就能说清楚的。我自己也理不出一个头绪来。

过去的一年,可以说是我一生最辉煌的年份之一。求全之毁根本没有,不虞之誉却多得不得了,压到我身上,使我无法消化,使我感到沉重。有一些称号,初戴到头上时,自己都感到吃惊,感到很不习惯。就在除夕的前一天,也就是前天,在中华人民共和国成立后第一次全国性的国家图书奖会议上,在改革开放以来十几年的、包括文、理、法、农、工、医以及军事等方面的九万多种图书中,在中宣部和财政部的关怀和新闻出版总署[1]的直接领导下,经过全国七十多位专家的认真细致的评审,共评出国家图书奖四十五种。只要看一看这个比例数字,就能够了解获奖之困难。我自始至终参加了评选工作。至于自己同获奖有份,一开始时,我连做梦都没有梦到。然而结

---

[1] 新闻出版总署为旧称。2013 年,它与广播电视总局合并,组建成国家新闻出版广播电影电视总局。2018 年 3 月,在国家新闻出版广电总局广播电视管理职责的基础上组建中华人民共和国国家广播电视总局,不再保留国家新闻出版广电总局。

果我却有两部书获奖。在小组会上,我曾要求撤出我那一本书,评委不同意。我只能以不投自己的票来处理此事。对这个结果,要说自己不高兴,那是矫情,那是虚伪,为我所不取。我更多地感觉到的是惶恐不安,感觉到惭愧。许多非常有价值的图书,由于种种原因,没能评上,自己却一再滥竽。这也算是一种机遇,也是一种幸运吧。我在这里还要补上一句:在旧年的最后一天的《光明日报》上,我读到老友邓广铭教授对我的评价,我也是既感且愧。

我过去曾多次说到,自己向无大志,我的志是一步步提高的,有如水涨船高。自己绝非什么天才,我自己评估是一个中人之才。如果自己身上还有什么可取之处的话,那就是,自己是勤奋的,这一点差堪自慰。我是一个富于感情的人,是一个自知之明超过需要的人,是一个思维不懒惰、脑筋永远不停地转动的人。我得利之处,恐怕也在这里。过去一年中,在我走的道路上,撒满了玫瑰花,到处是笑脸,到处是赞誉。我成为一个"很可接触者"。要了解我过去一年的心情,必须把我的处境同我的性格,同我内心的感情联系在一起。

现在写"新年抒怀",我的"怀",也就是我的心情,在过去一年我的心情是什么样子的呢?

/ 糊涂一点 潇洒一点 /

首先是,我并没有被鲜花和赞誉冲昏了头脑,我的头脑是颇为清醒的。一位年轻的朋友说,我似乎忘记了自己的年龄。这只是一个表面现象。尽管从表面上来看,我似乎是朝气蓬勃,在学术上野心勃勃,我揽的工作远远超过一个耄耋老人所能承担的,我每天的工作量在同辈人中恐怕也居上乘。但是我没有忘乎所以,我并没有忘记自己的年龄。在友朋欢笑之中,在家庭聚乐之中,在灯红酒绿之时,在奖誉纷至沓来之时,我满面含笑,心旷神怡,却蓦地会在心灵中一闪念:"这一出戏快结束了!"我像撞客的人一样,这一闪念紧紧跟随着我,我摆脱不掉。

是我怕死吗?不,不,绝不是的。我曾多次讲过:我的性命本应该早就结束的。在比一根头发丝还细的偶然性中,我侥幸活了下来。从那以后,我所有的寿命都是白捡来的;多活一天,也算是"赚"了。而且对于死,我近来也已形成了一套完整的看法:"应尽便须尽,无复独多虑。"死是自然规律,谁也违抗不得。用不着自己操心,操心也无用。

那么我那种快煞戏的想法是怎样来的呢?记得在大学读书时,读过俞平伯先生的一篇散文《重过西园码头》,时隔六十余年,至今记忆犹新。其中有一句话:"从现在起我们要仔仔细细地过日子了。"这就说明,过去日子过得不仔细,甚至太马虎。俞平伯先生是这样,别的人也是这样,我当然也不例外。日子当前,总过得马虎。时间一过,回忆又复甜蜜。宋词中有一句"当时只道是寻常",真是千古名句,道出了人们的这种心情。我希望,现在能够把当前的日子过得仔细一点,不寻常一点。特别是在走上了人生最后一段路程时,更应该这样。因此,我的快煞戏的感觉,完全是积极的,没有消极的东西,更与怕死没有牵连。

在这样的心情的指导下,我想得很多很多,我想到了很多的人。首先是想到了老朋友,清华时代的老朋友胡乔木,最近几年曾几次对我说,他想要看一看年轻时候的老朋友。他说:"见一面少一面了!"初听时,我还觉得他过于感伤。后来逐渐品味出他这一句话的分量。可惜他前年就离开了我们,走了。去年我用实际行动响应了他的话。我邀请六七位有五六十年友谊的老友聚了一次。大家都白发苍苍了,但都兴会淋漓。我认为自己干了一件好事。我哪里会想到,参加聚会的吴组缃现已病卧医院中。我听了心中一阵颤动。今天元旦,我潜心默祷,祝他早日康复,参加我今年准备的聚会。没有参加聚会的老友还有几位。我都一一想到了,我在这里也为他们的健康长寿祷祝。

　　我想到的不只有老年朋友，年轻的朋友，包括我的第一代、第二代、第三代的学生，无论是在国内，还是在国外，我也都一一想到了。我最近颇接触了一些青年学生，我认为他们是我的小友。不知道为什么我对这一群小友的感情越来越深，几乎可以同我的年龄成正比。他们朝气蓬勃，前程似锦。我发现他们是动脑筋的一代，他们思考着许许多多的问题，淳朴，直爽，处处感动着我。俗话说："长江后浪推前浪，世上新人换旧人。"我们祖国的希望和前途就寄托在他们身上，全人类的希望和前途也寄托在他们身上。对待这一批青年，唯一正确的做法是理解与爱护，诱导与教育，同时还要向他们学习。这是就公而言。在私的方面，我同这些生龙活虎的青年们在一起，他们身上那一股朝气，充盈洋溢，仿佛能冲刷掉我身上这一股暮气，我顿时觉得自己年轻了若干年。同青年们接触真能延长我的寿命。古诗说："服食求神仙，多为药所误。"我一不服食，二不求神。青年学生就是我的药石，就是我的神仙。我企图延长寿命，并不是为了想多吃人间几千顿饭。我现在吃的饭并不特别好吃，多吃若干顿饭是毫无意义的。我现在计划要做的学术工作还很多，好像一个人在日落西山的时分，前面还有颇长的路要走。我现在只希望多活上几年,再多走几程路,在学术上再多做点工作,如此而已。

在家庭中,我这种煞戏的感觉更加浓烈。原因也很简单,必然是因为我认为这一出戏很有看头,才不希望它立刻就煞,因而才有这种浓烈的感觉。如果我认为这一出戏不值一看,它煞不煞与己无干,淡然处之。这种感觉从何而来?过去几年,我们家屡遭大故。老祖离开我们,走了。女儿也先我而去。这在我的感情上留下了永远无法弥补的伤痕。尽管如此,我仍然有一个温馨的家。我的老伴、儿子和外孙媳妇仍然在我的周围。我们和睦相处,相亲相敬。每一个人都是一个最可爱的人。除了人以外,家庭成员还有两只波斯猫,一只顽皮,一只温顺,也都是最可爱的猫。家庭的空气怡然,盎然。可是,前不久,老伴突患脑溢血,住进医院。在她没病的时候,她已经不良于行,整天坐在床上。我们平常没有多少话好说。可是我每天从大图书馆走回家来,好像总嫌路长,希望早一点到家。到了家里,在破藤椅上一坐,两只波斯猫立即跳到我的怀里,让我搂她们睡觉。我也眯上眼睛,小憩一会儿。睁眼就看到从窗外流进来的阳光,在地毯上流成一条光带,慢慢地移动。在百静中,万念俱息,怡然自得。此乐实不足为外人道也。然而老伴却突然病倒了。在那些严重的日子里,我再从大图书馆走回家来,我在下意识中,总嫌路太短,我希望它长,更长,让我永远走不到家。家里缺少一个虽然坐在床上不说话却散发着光与热的人。我感到冷清,我感到寂寞,我不想进这个家门。在这样的情况下,我心里就更加频繁地出现那一句话:"这一出戏快煞戏了!"但是,就目前的情况来看,老伴虽然仍然住在医院里,病情已经有了好转。我在盼望着,她能很快回到家来,家里再有一个虽然不说话但却能发光发热的人,使我再能静悄悄地享受沉静之美,让这一出早晚要煞戏的戏再继续下去演上几幕。

按世俗的算法,从今天起,我已经达到八十三岁的高龄了,几乎快到一个世纪了。我虽然不爱出游,但也到过三十个国家,应该说是见多识广。在国内将近半个世纪,经历过峰回路转,经历过柳暗花明,快乐与苦难并列,顺利与打击杂陈。我脑袋里的回忆太多了,过于多了。眼前的工作又是头绪万端,谁也说不清我究竟有多少名誉职称;说是打破纪录,也不见得是夸大。但是,在精神上和身体上的负担太重了,我真有点承受不住了。尽管正如我上面所说的,我一不悲观,二不厌世,可是我真想休息了。古人说:"大块劳我以生,息我以死。"德国伟大诗人歌德晚年有一首脍炙人口的诗,最后一句是"ruhst du auch"(你也休息),仿佛也表达了我的心情,我真想休息一下了。

心情是心情,活还是要活下去的。自己身后的道路越来越长,眼前的道路越来越短,因此前面剩下的这短短的道路,更弥加珍贵。我现在过日子是以天计,以小时计。每一天每一个小时都是可贵的。我希望真正能够仔仔细细地过,认认真真地过,细细品味每一分钟每一秒钟,我认为每一分每一秒都不"寻常"。我希望千万不要等到以后再感到"当时只道是寻常",空吃后悔药,徒唤奈何。对待自己是这样;对待别人,也是这样。我希望尽上自己最大的努力,使我的老朋友、我的小朋友、我的年轻的学生,当然也有我的家人,都能得到愉快。我也绝不会忘掉自己的祖国。只要我能为她做到的事情,不管多么微末,我一定竭尽全力去做。只有这样,我心里才能获得宁静,才能获得安慰。"这一出戏就要煞戏了",它愿意什么时候煞,就什么时候煞吧。

现在正是严冬。室内春意融融,窗外万里冰封。正对着窗子的那一棵玉兰花,现在枝干光秃秃的一点生气都没有。但是枯枝上长出的骨朵象征着生命,蕴含着希望。花朵正蜷缩在骨

/ 糊涂一点 潇洒一点 /

朵内心里,春天一到,东风一吹,会立即绽开白玉似的花。池塘里,眼前只有残留的枯叶在寒风中在层冰上摇曳。但是,我也知道,只等春天一到,坚冰立即化为粼粼的春水。现在蜷缩在黑泥中的叶子和花朵,在春天和夏天里都会蹿出水面。在春天里,"莲叶何田田"。到了夏天,"接天莲叶无穷碧,映日荷花别样红"。那将是何等光华烂漫的景色啊。"既然冬天到了,春天还会远吗?"我现在一方面脑筋里仍然会不时闪过一个念头,"这一出戏快煞戏了",这丝毫也不含糊;但是,另一方面我又觉得这一出戏的高潮还没有到,恐怕在煞戏前的那一刹那才是真正的高潮,这一点也绝不含糊。

1994 年 1 月 1 日

第 2 章

存信仰而安宁

睁一只眼，闭一只眼，装作没有看见，
这是和稀泥、息事宁人的歪门邪道，
不属于中国老百姓崇高的伦理标准。

邻　人

古书上说:"德不孤,必有邻。"我不知道我是不是有德,但邻人我是有了,而且很多。因为我现在住在一座外面看上去似乎像工厂的大楼上,上下左右都住着人,也就可以说都是我的邻人。

古时候有德的人的邻人怎样,我不敢说,也很难想象出来。但他们绝对不会像我现在这些邻人这样精深博大,这是我可以断言而引以自傲的。我现在的邻人几乎每个人都是专家。说到中国戏剧,就有谭派正宗、程派嫡传,还有异军突起自创的新腔。说到西洋剧和西洋音乐,花样就更多。有男高音专家、男低音专家、男不高不低音的专家。在这里,人长了嘴仿佛就是为了唱似的。每当晚饭初罢的时候,左面屋子里先涌出一段二黄摇板来。别的屋子当然也不会甘居人后,立刻挤出几支洋歌,其声呜呜然，仿佛是冬夜深山里的狼嗥。我虽然无缘瞻仰歌者的尊容，但我的眼仿佛能透过墙壁看到他脸上的青筋在鼓胀起来，脖子拼命向上伸长。余音在长长的走廊里回荡，我们这房子可惜看不到梁，不然这余音绕在上面怕是永远再不消逝了，岂能只绕三天呢！古时候圣人在齐闻《韶》，三月不知肉味。我听了这样好的歌声，吃到肚子里去的肉只是想再吐出来。自己发狠也没办法。以前我也羡慕过圣人，现在我才知道，圣人毕竟是不可及的了。

但这才只是一个开端。不久就来了乐声。不一定从哪间屋子里先飘出一阵似乎是无线电的声音，有几间别的屋子立刻就响应。一转耳间已经是八音齐奏，律吕调畅，真正是洋洋乎盈耳哉。却苦了我这不懂音乐的人。有时候电忽然停了，论理我应该不高兴。但现在我从心里喜悦，以为最少这无线电收音机可工作不成了。但我失了望。不久就又是一片乐声从烛光摇曳的屋子里洋溢出来，在黑暗的走廊里回旋。我的高邻们原来又开了留声机。他们一点都不自私，毫不吝啬地把他们的快乐分给我一份，声音之高，震动全楼。他们废寝忘餐地一直玩到深夜，我也只好躺在枕上陪他们，瞪大了眼睛望着黑暗。

他们不但在这方面表现出一点都不自私，在别的方面他们也表现出他们的大度。他们仿佛一点秘密都不想保守。说话的

/ 糊涂一点 潇洒一点 /

时候，对方当然要听到，这是不成问题的。但他们还恐怕别人听不到，尽量提高了喉咙。有时候隔了几间屋还可以听得清清楚楚。倘若他们在走廊里说话，我的屋里就仿佛装了扩音器，我自己也仿佛在听名人演讲。当他们说话中再加上笑声的时候，那声势就更大。勉强打个譬喻，只有八月中秋的钱塘怒潮可以比得来。真足以振懦起弱，回肠荡气。我们这座楼据说已经有了点年纪，我真担心它会受不住这巨声的震荡蓦地倒下去。

当他们离开自己的屋子或者回自己屋子来的时候，他们也没有秘密，而且是唯恐别人不知道。他们关门的声音和底上钉了铁块的大皮鞋的声音就是用以昭告全楼，说是他们要出去或者回来了。在我的故乡，倘若一个人鬼鬼祟祟地放轻了脚步走到人家窗下去偷听人家的私话，我们就说这个人是踏鸡毛鞋。意思是说他的鞋底是用鸡毛做成的，所以走起路来没有声音。我们的高邻却绝对不踏鸡毛鞋，他们的鞋底是铁做成的。有时候我在屋里静静地看一点书，蓦地听到一阵铁与木头相击的声音，我心里已经知道是我的邻人回来了。但我还没来得及再想，轰的一声，我的屋子，当然我也在内，立刻一阵震动，桌上玻璃杯里的水也立刻晃动起来，在电灯光下，起了成圈的水纹，伸张，扩散，幻成一条条的金光。我在大惊之余，脑海里糊涂了一阵。再仔细一想才知道是我的邻人在关门。

第二章 存信仰而安宁

这一惊还没有定,头顶上又是轰的一声,仿佛中了一个炸弹。我的神经立刻紧张起来,我忘记我现在是在北平,我又仿佛回到两年前去,在德国一个小城的防空洞里,天空里盘旋着几百架英国飞机,就在不远的地方,响着一声声的炸弹。每一个炸弹一响,我就震得跳起来。每一刹那都在等着一个炸弹在自己头上一响,自己也就像做一个噩梦似的消逝了。自己当时虽然没有真的消逝,现在却像一个被火烧过的小孩,见了一星星的光,身上也就不自主地战栗起来。但是我的头顶上还没有完。一声"轰"以后,立刻就听到桌子的腿被拖着在地板上走,地板偏又抵抗,于是发出了令人听了非常不愉快的声音。不久,椅子也被拖着走了,书架也被拖着走了,这一切声音合成一个大交响乐。住在下面的我就只好义务地来听。而且隔上不久,总要重演一次,使我在左右夹攻之中还要注意到更重要的防空。

这种生活确不单调,确不寂寞,也许有不少的人喜欢它。但我真有点受不了。在篇首我引了两句古书:"德不孤,必有邻。"那么倘若一个人孤而无邻的话,那他就一定是不德了。韩文公说:"足乎己无待于外之谓德。"谁都知道德是好东西,我也知道。但倘若现在让我拣选的话,我宁取不德。

1947年2月5日

送　礼

我们中国究竟是礼仪之邦，所以每逢过年过节，或有什么红白喜事，大家就忙着送礼。既然说是"礼"，当然是向对方表示敬意的。譬如说，一个朋友从杭州回来，送给另外一个朋友一只火腿，二斤龙井；知己的还要亲自送了去，免得受礼者还要赏钱，你能说这不是表示亲热么？又如一个朋友要结婚，但没有钱，于是大家凑个份子送了去，谁又能说这是坏事呢？

事情当然是好事情，而且想起来极合乎人情，一点也不复杂；然而实际上却复杂艰深到万分，几乎可以独立成一门学问：送礼学。第一，你先要知道送应节的东西，譬如你过年的时候，提了几瓶子汽水，一床凉席去送人，这不是故意开玩笑吗？还有五月节送月饼，八月节送粽子，最少也让人觉得你是外行。第二,你还要是一个好的心理学家,能观察出对方的心情和爱好来。对方倘若喜欢吸烟,你不妨提了几听三炮台恭恭敬敬送了去,一定可以得到青睐。对方要是喜欢杯中物,你还要知道他是维新派或保守派。前者当然要送法国的白兰地,后者本地产的白干或五加皮也就行了。倘若对方的思想"前进",你最好订一份《文汇报》送了去,一定不会退回的。

但这还不够,买好了应时应节的东西,对方的爱好也揣摩成熟了,又来了怎样送的问题。除了很知己的以外,多半不是自己去送,这与面子有关系;于是就要派听差,而这个听差又必须是个好的外交家,机警、坚忍、善于说话,还要一副厚脸皮;这样才能不辱使命。拿了东西去送礼,论理说该到处受欢迎,但实际上不然。受礼者多半喜欢节外生枝。东西虽然极合心意,却偏不立刻收下。据说这也与面子有关系。听差把礼物送进去,要沉住气在外面等。一会儿,对方的听差出来了,把送去的礼物又提出来,说:"我们老爷、太太谢谢某老爷、太太,盛意我们领了,礼物不敢当。"倘若这听差真信了这话,提了东西就回家来,这一定糟,说不定就打破饭碗。但外交家的听差绝不这样做。他仍然站着不走,请求对方的听差再把礼物提进去。这样往来斗争许久。对方或全收下,或只收下一半,只要与临来时老爷、太太的密令不冲突，就可以安然接了赏钱回来了。

上面说的可以说是常态的送礼。可惜（或者也并不可惜）还有变态的。我小的时候，我们街上住着一个穷人，大家都喊他"地方"，有学问的人说，这就等于汉朝的亭长。每逢年节的早上，我们的大门刚一开，就会看到他笑嘻嘻地一手提了一只鸡，一手提了两瓶酒，跨进大门来。鸡咯咯地大吵大嚷，酒瓶上的红签红得炫人眼睛。他嘴里却喊着："给老爷、太太送礼来了！"于是我婶母就立刻拿出几毛钱来交给老妈子送出去。这"地方"接了钱，并不像一般送礼的一样，还要努力斗争，却仍旧提了鸡和瓶子笑嘻嘻地走到另一家去喊去了。这景象我一年至少见三次，后来也就不以为奇了。但有一年的某一个节日的清晨，却见这位"地方"愁容满面地跨进我们的大门，嘴里不喊"给老爷、太太送礼来了"，却拉了我们的老妈子交头接耳说了一大篇，后来终于放声大骂起来。老妈子进去告诉了我婶母，仍然是拿了几毛钱送出来。这"地方"道了声谢，出了大门，老远还听到他的骂声。后来老妈子告诉我，他的鸡是自己养了预备下蛋的，每逢过年过节，就暂且委屈它一下，被缚了双足倒提着陪他出来逛大街。玻璃瓶子里装的只是水，外面红

第二章 \ 存信仰而安宁 \

签是向铺子里借用的。"地方"送礼,在我们那里谁都知道他的用意。所以从来没有收的。他跑过一天,衣袋塞满了钞票才回来,把瓶子里的水倒出来,把鸡放开。它在一整天"陪绑"之余,还忘不了替他下一个蛋。但今年这"地方"倒运。向第一家送礼,就遇到一家才搬来的外省人。他们竟老实不客气地把礼物收下了。这怎能不让这"地方"愤愤呢?他并不是怕瓶子里的凉水给他泄露真相,心痛的还是那只鸡。

另外一种送礼法也很新奇,虽然是"古已有之"的。我们常在笔记小说里看到,某一个督抚把金子装到坛子里当酱菜送给京里的某一位王公大人。这是古时候的事,但现在也还没有绝迹。我的一位亲戚在一个县衙门里做事,因了同县太爷是朋友,所以地位很重要。在晚上回屋睡觉的时候,常常在棉被下面发现一堆银圆或别的值钱的东西。有时候不知道,把这堆银圆抖到地上,哗啦一声,让他吃一惊。这都是送来的"礼"。

这样的"礼"当然不是每个人都有资格接受的。他一定是个什么官,最少也要是官的下属,能让人生,也能让人死,所以才有人送这许多金子、银圆来。官都讲究面子,虽然要钱,却不能干脆当面给他。于是就想出了这种种的妙法。我上面已经提到送礼是一门学问,送礼给官长更是这门学问里面最深奥的，需要经过长期的研究揣摩，再加上实习，方能得到其中的奥秘。能把钱送到官长手中，又不伤官长的面子，能做到这一步，才算是得其门而入了。也有很少的例外，官长开口向下面要一件东西，居然竟得不到。以前某一个小官藏有一枚古印，他的官长很喜欢，想拿走。他跪在地上叩头说："除了我的太太和这块古印以外，我没有一件东西不能与大人共享的。"官长也只好一笑置之了。

普通人家送礼没有这样有声有色，但在平庸中有时候也有杰作。有一次我们家把一盒有特别标志的点心当礼物送出去。隔了一年，一个相熟的胖太太到我们家来拜访，又恭而敬之把这盒点心提给我们，嘴里还告诉我们：这都是小意思，但点心是新买的，可以尝尝。我们当时都忍不住想笑，好歹等这位胖太太走了，我们就动手去打开。盒盖一开，立刻有一股奇怪的臭味从里面透出来。再把纸揭开，点心的形状还是原来的，但上面满是小的飞蛾，一块也不能吃了，只好掷掉。在这一年内，这盒点心不知代表了多少人的盛意，被恭恭敬敬地提着或托着从一家到一家，上面的签和铺子的名字不知换过了多少次，终于又被恭而敬之提回我们家来。"解铃还须系铃人"，我们还要把它丢掉。

我虽然不怎样赞成这样送礼，但我觉得这办法还算不坏。因为只要有一家出了钱买了盒点心就会在亲戚朋友中周转不息，一手收进来，再一手送出去，意思表示了，又不用花钱。不过这样还是麻烦，还不如仿效前清御膳房的办法，用木头刻成鸡鱼肉肘，放在托盘里，送来送去，你仍然不妨说："这鱼肉都是新鲜的。一点小意思，千万请赏脸。"反正都是"彼此彼此，诸位心照不宣"。绝对不会有人来用手敲一敲这木头鱼肉的。这样一来，目的达到了，礼物却不霉坏，岂不是一举两得？在我们这喜欢把最不重要的事情复杂化了的礼仪之邦，我这发明一定有许多人欢迎，我预备立刻去注册专利。

1947 年 7 月

漫谈消费

蒙组稿者垂青,要我来谈一谈个人消费。这实在不是最佳选择。因为我的个人消费绝无任何典型意义。如果每个人都像我这样,商店几乎都要关门大吉。商店越是高级,我越敬而远之。店里那一大堆五光十色、争奇斗艳的商品,有的人见了简直会垂涎三尺,我却是看到就头痛,而且窃作腹诽:在这些无限华丽的包装内包的究竟是什么货色,只有天晓得;我觉得人们似乎越来越蠢,我们所能享受的东西,不过只占广告费和包装费的一丁点儿,我们是让广告和包装牵着鼻子走的,愧为"万物之灵"。

谈到消费,必须先谈收入。组稿者让我讲个人的情况,而且越具体越好。我就先讲我个人的具体收入情况。我在20世纪

第二章 \ 存信仰而安宁 \

50年代被评为一级教授,到现在已经四十多年了,尚留在世间者已为数不多,可以被视为珍稀动物,通称为"老一级"。

在北京工资区——大概是六区——每月三百四十五元。再加上中国科学院哲学社会科学部委员,每月津贴一百元。这个数目今天看起来实为微不足道。然而在当时却是一个颇大的数目,十分"不菲"。我举两个具体的例子:吃一次"老莫"(莫斯科餐厅),大约一元五到两元,汤菜俱全,外加黄油面包,还有啤酒一杯。如果吃烤鸭,不过六七块钱一只。其余依此类推。只需同现在的价格一比,其悬殊立即可见。从工资收入方面来看,这是我一生最辉煌的时期之一。这是以后才知道的,"当时只道是寻常"。到了今天,"老一级"的光荣桂冠仍然戴在头上,沉甸甸的,又轻飘飘的,心里说不出是什么滋味。实际情况却是"昔人已乘黄鹤去,此地空余老桂冠"。我很感谢,不知道是哪一位朋友发明了"工薪阶层"这一个词儿。这真不愧是天才的发明。幸乎?不幸乎?我也归入了这一个"工薪阶层"的行列。听有人说,在某一个城市的某大公司里设有"工薪阶层"专柜,专门对付我们这一号人的。如果真正有的话,这也不愧是一个天才的发明,俗话说:"识时务者为俊杰。"他们都是不折不扣的"俊杰"。

/ 糊涂一点　潇洒一点 /

我这个"老一级"每月究竟能拿多少钱呢?要了解这一点,必须先讲一讲今天的分配制度。现在的分配制度,同20世纪50年代相比,有了极大的不同。当年在大学里工作的人主要靠工资生活,不懂什么"第二职业",也不允许有"第二职业"。谁要这样想,这样做,那就是典型的资产阶级思想,是同无产阶级思想对着干的,是最犯忌讳的。今天却大改其道。学校里颇有一些人有种种形式的"第二职业",甚至"第三职业"。原因十分简单:如果只靠自己的工资,那就生活不下去。以我这个"老一级"为例,账面上的工资我是北大教员中最高的。我每月领到的工资,七扣八扣,拿到手的平均约七百至八百。保姆占掉一半,天然气费、电话费等,约占掉剩下的四分之一。我实际留在手的只有三百元左右,我要用这些钱来付全体在我家吃饭的四个人的饭钱。这些钱连供一个人吃饭都有点捉襟见肘,何况四个人!"老莫"、烤鸭之类,当然可望而不可即。

可是我的生活水平,如果不是提高的话,也绝没有降低。难道我点金有术吗?非也。我也有第X职业,这就是"爬格子"。格子我已经爬了六十多年,渐渐地爬出一些名堂来。时不时地就收到稿费,很多时候,我并不知道是哪一篇文章换来

第二章 \ 存信仰而安宁 \

的。外文楼收发室的张师傅说:"季羡林有三多,报纸杂志多,有十几种,都是赠送的;来信多,每天总有五六封,来信者男女老幼都有,大都是不认识的人;汇单多。"我决非守财奴,但是一见汇款单,则心花怒放。爬格子的劲头更加昂扬起来。我没有做过统计,不知道每月究竟能收到多少钱。反正,对每月手中仅留三百元钱的我来说,从来没有感到拮据,反而能大把大把地送给别人或者家乡的学校。我个人的生活水平,确有提高。我对吃,从来没有什么要求。早晨一般是面包或者干馒头,一杯清茶,一碟炒花生米,从来不让人陪我凌晨四点起床,给我做早饭。午晚两餐,素菜为多。我对肉类没有好感。这并不是出于什么宗教信仰,我不是佛教徒,其他教徒也不是。我并不宣扬素食主义。我的舌头也没有生什么病,好吃的东西我是能品尝的。不过我认为,如果一个人成天想吃想喝,仿佛人生的意义与价值就在于吃喝二字,我真觉得无聊,"斯下矣",食足以果腹,不就够了吗?因此,据小保姆告诉,我们四个人的平均伙食费不过五百多元而已。

至于衣着,更不在我考虑之列。在这方面,我是一个"利己主义者"。衣足以蔽体而已,何必追求豪华。一个人穿衣服,是给别人看的。如果一个人穿上十分豪华的衣服,打扮得珠光

/ 糊涂一点 潇洒一点 /

宝气,天天坐在穿衣镜前,自我欣赏,他(她)不是一个疯子,就是一个傻子。如果只是给别人去看,则观看者的审美能力和审美标准,千差万别,你满足了这一帮人,必然开罪于另一帮人,绝不能使人人都高兴,皆大欢喜。反不如我行我素,我就是这一身打扮,你爱看不看,反正我不能让你指挥我,我是个完全自由自主的人。

因此,我的衣服,多半是穿过十年八年或者更长时间的,多半属于博物馆中的货色。俗话说:"人靠衣裳马靠鞍。"以衣取人,自古已然,于今犹然。我到大店里去买东西,难免遭受花枝招展的年轻女售货员的白眼。如果有保卫干部在场,他恐怕会对我多加小心,我会成为他的重点监视对象。好在我基本上不进豪华大商店,这种尴尬局面无从感受。

讲到穿衣服,听说要"赶潮",就是要赶上时代潮流,每季每年都有流行款式,我对这些都是完全的外行。我有我的老主意:以不变应万变。一身蓝色的卡其布中山装,春、夏、秋、冬,永不变化。所以我的开支项下,根本没有衣服这一项。你别说,我们那一套"三十年河东,三十年河西"的"哲学",有时对衣着款式也起作用。我曾于1946年在上海买过一件雨衣,至今仍然穿。有的专家说:"你这件雨衣的款式真时髦!"我听了以后，大惑不解。经专家指点，原来五十多年前流行的款式经过了漫长的沧桑岁月，经过了不知道多少变化，现在又在螺旋式上升的规律的指导下，回到了五十年前的款式。我恭听之余，大为兴奋。我守株待兔，终于守到了。人类在衣着方面的一点小聪明，原来竟如此脆弱！

我在本文一开头就说，在消费方面我绝不是一个典型的代表。看了我自己的叙述，你一定会同意我这个说法的。但是，人类社会极其复杂，芸芸众生，有一箪食一瓢饮者；也有食前方丈，一掷千金者。绫罗绸缎、皮尔·卡丹，燕窝鱼翅、生猛海鲜，这样的人当然也会有的。如果全社会都是我这一号的人，则所有的大百货公司都会关张的，那岂不太可怕了吗？所以，我并不提倡大家以我为师，我不敢这样狂妄。不过，话又说了回来，我仍然认为：吃饭穿衣是为了活着，但是活着绝不是为了吃饭穿衣。

原载《东方经济》1997年第4期

一个老留学生的话

我是一个老留学生,在国外学习和工作了十年有余,后来我又到过全世界许多国家,对于留学生的情况,我应该说是了解的。但是,俗话说:"老年的皇历看不得了。"我回国至今已有半个世纪,可谓"老矣",我这一本皇历早已经看不得了。可为什么我现在竟斗胆来写这样一篇序呢?

原因当然是有的。虽然相距半个世纪,在这期间,沧海桑田,世界发生了天翻地覆的变化,留学生自不能例外。但是,既同称留学生,必然仍有其共同之处。我的一些看来似已过时的看法和经验,未必对今天的留学生没有用处。这有点像翻看旧书,偶尔会发现不知多少年前压在书中的一片红叶,岁月虽已流逝,叶片却仍红艳如新,它会勾引起我和别人一些对往事

第二章 \ 存信仰而安宁 \

栩栩如在目前的回忆。

我现在就把这些回忆从心中移到纸上来。

中国之有"留学热",不自今日始。20世纪30年代初起一直到后来很长的时间内,此"热"未消,而且逐年增温。当年的大学生,一谈到留学,喜者有之,悲者亦有之。虽同样炽热,而心态却又天地悬殊。父母有权、有势、有钱,出国门易如反掌,自然是心旷神怡,睥睨一切。无此条件者,唯有考取官费一途,而官费则名额只有几名,僧多粥少,向隅而叹者,比比皆是,他们哪能不悲呢?我曾亲眼看到,有的人望"洋"兴叹,羡慕得浑身发抖,遍体生热。

留学的动机何在呢?高者胸怀"科学救国"的大志,当时"科学"只能到外国去学。低者则一心只想"镀金"。在当时大学毕业生找"饭碗"十分困难的情况下,想出国镀一下金,用现在的话说,就是"包装",以便回国后在抢饭碗的搏斗中靠自己身上的金色来震撼有权势、有用人权者的心,其用心良苦,实亦未可厚非。我们大可以不必察察为明,细细地去追究别人心中的"活思想"和"一闪念"。

尽管在当时留学生出国的目的各不相同,但是也有共同的地方。据我的观察,这个共同性是普遍的,几乎没有任何例外的。这就是：出国是为了回国，想待在或者赖在外国不回来的想法，我们连影儿都没有，甚至连"一闪念"中也没有闪过。

写到这里，我再也无法抑制住同今天的留学生比一比的念头。根据我所看到的或者听到的情况来看，今天的留学生，其数目大大地超过了五十年前。其中绝不缺少有"出国是为了回国"的仁人志士。但是大部分——大到什么程度，我没有做过统计，不敢乱说——却是"出国为了不回来"的。这种现象，自然会有其根源，而且根源还是明摆着的。无论什么根源也绝不能为这个现象辩解。我虽年迈，但尚未昏聩。对于这个现象我真是大为吃惊，大为浩叹，不经意中竟成了九斤老太的信徒。

根据我多年的观察与思考，我觉得，世界上各国都有自己的知识分子。既然同为知识分子，必然有其共同点。这个共同点并不神秘，不用说人们也明白，这就是：他们都有知识。否则，没有知识，就不能称其为"知识分子"。但是，最重要的，还是他们有不同之处。别的国家，我先不谈，只谈中国。同别的国家的知识分子比较起来，中国知识分子的特点是异常鲜明、异常突出的。也许有人会问：你不是正讲留学生吗，怎么

第二章 \ 存信仰而安宁 \

忽然讲开了知识分子？原因十分清楚，因为留学生都是知识分子，是知识分子中一个独特的部分。所以讲留学生必须讲知识分子。

那么，中国知识分子的异常鲜明、异常突出之处究竟何在呢？归纳起来，我认为有两点：一是讲骨气，二是讲爱国。所谓"骨气"，就是我们常说的"有骨头""有硬骨头"等。还有"不吃嗟来之食"也属于这一类。至于"宁死不屈""宁为玉碎，不为瓦全"等一类的话，更是俯拾即是。《孟子·滕文公上》中说："富贵不能淫，贫贱不能移，威武不能屈，此之谓大丈夫。"这说得多么具体，多么生动，掷地可作金石声。我们不但这样说，而且这样做。三国时祢衡击鼓骂曹，被曹操假黄祖之手砍掉了脑袋。近代章太炎胸佩大勋章，赤足站在新华门前，大骂住在里面的袁世凯，更是传为佳话，引起普遍的尊敬。这种例子，中国历史上还多得很。其他国家，不能说一点也不提倡骨气；但绝没有中国这样普遍，这样源远流长。

我觉得，我们中国人民，我们中国知识分子，我们中国留学生都必须有这样的骨气。

说到爱国，中国更为突出。在世界上众国之林中，没有哪一个国家宣传不爱国的。任何国家的人民都有权利和义务爱自己的国家。但是，我们必须对爱国主义加以分析。不能一见爱国主义，就认为是好东西。我个人认为，世界上有两种爱国主义；一真一假，一善一恶。被压迫、被侵略、被剥削国家和人民的爱国主义，是真爱国主义，是善的、正义的爱国主义。而压迫人、侵略人、剥削人的国家和人民的爱国主义，是邪恶的、非正义的假爱国主义，实际上应该称之为"害国主义"。这情况一想就能明白。德国法西斯和日本军国主义者狂喊"爱国主义"，喊得震天价响。这样的国能爱吗？值得爱吗？谁爱这样的国，谁就沦为帮凶。而我们中国，以汉族为基础的中国，虽号称天朝大国，实则每一个朝代都有"边患"。我们不能把古代史现代化。存在决定意识，我们就形成了连绵数千年根深蒂固的爱国主义。中国历史上有名的爱国者灿如列星，光被四表。汉朝的苏武，宋朝的辛弃疾、陆游等，至今都是家喻户晓的人物，为中华民族增添了正气，为我们后代做出了榜样，永远照亮我们前进的道路。

我觉得，我们中国人民，我们中国知识分子，我们中国留学生都必须爱国。

说到这里，我不妨讲几个我们五六十年前老留学生的故事。在"二战"期间，我正在德国留学和工作。我们住在小城

第二章 \ 存信仰而安宁 \

哥廷根的几个留学生,其中有原清华大学副校长、中国科学院院士张维教授等。我们常想,一个人在国内要讲人格。在国外,除了人格,还要讲国格。因为你在国外,在外国人眼中,你就是中国的代表。他们没有到过中国,你是什么样子,他们就认为中国是什么样子。你的一举一动,都不能掉以轻心。我们常讲,如果同德国学生有了冲突,他出言不逊,侮辱了我们自身,这样的情况还可以酌情原谅。如果他侮辱我们的国家,我们必须跟他玩儿命。幸而,我们从来没有碰到这样的情况。我们十分感谢诚实可靠、待人以礼的德国人民。

1942年,国民党政府的使馆从柏林撤走,取而代之的是日军走狗汉奸汪精卫的使馆。这对我们来说是一个十分关键、意义异常重大的事情。我同张维等商议,决不能同汉奸使馆发生任何关系。我们毅然走到德国警察局,宣布我们无国籍。要知道,宣布无国籍是有极大的危险性的。一个无国籍的人,就等于天空中的一只飞鸟,任何人都可以捕杀它,受不到任何方面的保护。我们冒着风险这样做了。一个有良心的中国人也只能这样去做。然而我们内心中却是十分欣慰的,认为自己还不是孬种,还算得上一个堂堂正正的中国人。我们没有失掉人格,也没有失掉国格。

/ 糊涂一点 潇洒一点 /

我说这一番话,好像是"老王卖瓜,自卖自夸",意在吹擂自己。我全没有这样的想法。我比今天的留学生年龄要大上五六十岁。我不愿意专门说些好听的话,取悦于你们。如果我还有什么优点的话,那就是:我敢于讲点真话,肯讲点真话。我上面讲到的今天留学生的情况,也全是真话,没有半句谎言。

如果真是这样的话,我岂不是认为"今不如昔"了吗?岂不是认为"黄鼬降老鼠——一窝不如一窝"了吗?我绝不这样相信。我上面虽然说道:我成了九斤老太的信徒。其实并没有。我的信条一向是"长江后浪推前浪,世上新人换旧人"。我始终相信"雏凤清于老凤声"。我总认为人类会越来越好的,而绝不是相反。今天留学生的情况只能是暂时的现象。目前我们国家在生活福利方面还赶不上发达的国家,还有一些不尽如人意的地方。但这也只能是暂时的现象,我们有朝一日总会好起来的。今天有些留学生不想回国,我不谴责他们,我相信他们仍然是爱国的。即使已经"归化"了其他国家的人,他们的腔子里仍然会有一颗中国的心。那种手执刀叉,口咽大菜,怀里揣满了美元而认为心满意足,认为是实现了人生的意义与价值的人,毕竟只能是极少数。

我倚老卖老，刺刺不休，在上面讲了这一些并不是每一个人都爱听的语。俗话说："良药苦口利于病，忠言逆耳利于行。"我相信，我的话不会没有用处的。话中如果有可取之处，则请大家取之。如果认为根本没有用，则请大家弃之如敝屣，我绝不会有任何怨言。

1995 年 11 月 5 日

睁一只眼闭一只眼

我活了八十多岁,到现在才第一次真正真切地感觉到:我有两只眼睛。

在过去八十多年中,两只眼睛合作得像一只眼睛一样,只有和谐,没有矛盾;只有合作,没有冲突。它俩陪我走过了世界上三十个国家,看到过撒哈拉大沙漠,看到过塔克拉玛干大沙漠;看到过尼罗河、幼发拉底河、湄公河,看到过长江、黄河;看到过黄山的云海,看到过泰山的五大夫松;看到过春花,看到过秋月;看到过朝霞,看到过夕照;看到过朋友,看到过敌人;看遍了大千世界的众生相,并且探幽烛微,深窥某一些人的心灵深处。总之,是它们俩帮助我了解了世界,了解了人情。否则我只能是盲人一个,浑浑噩噩,糊涂一生。

第二章　存信仰而安宁

然而，我却从未意识到它们竟是两个。

最近，由于白内障，右眼动了手术，而左眼没有动。结果大出我意料：右眼的视力达到了0.6，能看清我多年认为是黑色的毛衣原来是深蓝色的，我非常惊喜。可是，如果闭上右眼，睁开左眼，我的毛衣仍然是黑色的。这又令我极为扫兴。我的两只合作了八十多年的眼睛，现在忽然闹起矛盾来：它们原来是两个。

这给我带来了极大的困难。

搞我们这一行爬格子的人，看书写字都离不开眼睛。现在两只眼忽然不合作起来，看稿纸，一边是白而亮的，另一边却是阴暗昏黄的，你让我怎样下笔？一不小心，偏听偏信了某一只眼睛，字就会写得出了格子，不成字形。

中国老百姓有一句俗话："睁一只眼，闭一只眼。"意思是看到了非法之事或非法之人，你就睁一只眼，闭一只眼，装作没有看见。这是和稀泥、息事宁人的歪门邪道，不属于中国老百姓崇高的伦理标准。然而奉行此话者大有人在。我并不赞成，有时却也想仿效。我是赞成"路见不平，拔刀相助"的。根据眼前的社会风气，我看还是不拔刀为好。有时候你拔刀相助那个人本身一看风头不对，会对你反咬一口的。

/ 糊涂一点　潇洒一点 /

如果我现在想运用"睁一只眼，闭一只眼"这个法宝，却凭空增加了困难。我究竟应该闭哪一只眼又睁哪一只眼呢？闭左眼，没有用；因为即使睁开也是白睁，眼前一片昏暗，什么也看不见。如果睁开右眼，则眼前光明辉耀，物无遁形，想装看不见，也是不可能的了。

我现在深悔，不应该为右眼动手术。如果不动的话，则两只眼同样老花昏暗，不法之事和不法之人，我根本看不清，用不着睁一只眼，闭一只眼，就能够六根清净，心地圆融，根本不伤什么脑筋。可我现在既然已经动了，绝无恢复原状的可能。那么，怎么办呢？我只能套用李密《陈情表》中的两句话："羡林进退，实为狼狈。"

1997 年 9 月 17 日

坏人

积将近九十年的经验,我深知世界上确实是有坏人的。乍看上去,这个看法的智商只能达到小学一年级的水平。这就等于说"每个人都必须吃饭"那样既真实又平庸。

可是事实上我顿悟到这个真理,是经过了长时间的观察与思考的。

我从来就不是性善说的信徒,毋宁说我是倾向性恶说的。古书上说"天命之谓性","性"就是我们现在常说的"本能",而一切生物的本能是力求生存和发展,这难免引起生物之间的矛盾,性善又何从谈起呢?

那么,什么又叫作"坏人"呢,记得鲁迅曾说过,干损人利己的事还可以理解,损人又不利己的事千万干不得。我现在

/ 糊涂一点 潇洒一点 /

利用鲁迅的话来给坏人做一个界定：干损人利己之事的是坏人，而干损人又不利己之事的，则是坏人之尤者。

空口无凭，不妨略举两例。一个人搬到新房子里，照例大事装修，而装修的方式又极野蛮，结果把水管凿破，水往外流。住在楼下的人当然首蒙其害，水滴不止，连半壁墙都浸透了。然而此人不闻不问，本单位派人来修，又拒绝入门。倘若墙壁倒塌，楼下的人当然会受害，他自己焉能安全！这是典型的损人又不利己的例子。又有一位"学者"，对某一种语言连字母都不认识，却偏冒充专家，不但在国内蒙混过关，在国外也招摇撞骗。有识之士皆嗤之以鼻。这又是一个典型的损人而不利己的例子。

根据我的观察，坏人，同一切有毒的动植物一样，是并不知道自己是坏人的，是毒物的。鲁迅翻译的《小约翰》里讲到一个有毒的蘑菇听人说它有毒，它说，这是人话。毒蘑菇和一切苍蝇、蚊子、臭虫等，都不认为自己有毒。说它们有毒，它们大概也会认为这是人话。可是被群众公推为坏人的人，他们难道能说：说他们是坏人的都是人话吗？如果这是"人话"的话，那么他们自己又是什么呢？

根据我的观察，我还发现，坏人是不会改好的。这有点像形而上学了。但是,我没有办法。天下哪里会有不变的事物呢?哪里会有不变的人呢?我观察的几个坏人偏偏不变。几十年前是这样,今天还是这样。我想给他们辩护都找不出词儿来。有时候,我简直怀疑,天地间是否有一种叫作"坏人基因"的东西?可惜没有一个生物学家或生理学家提出过这种理论。我自己既非生物学家,又非生理学家,只能凭空臆断。我但愿有一个坏人改变一下,改恶从善,堵住我的嘴。

1999 年 7 月 24 日

衣着的款式

在衣着方面,我是著名的顽固保守派。我有几套——套数不详——深蓝色卡其布的中山装。虽然衣龄长短不一,但是最年轻的也有十年以上的历史了。虽然同为深蓝,但其间毕竟还有细微差别。可是年深日久,又经过多次洗濯,其差别越来越难辨析。我顺手抓来,穿在身上。明眼人一看,就能看出是张冠李戴,我则老眼昏花,不辨雌雄,怡然自得。

对此我有自己的哲学基础:吃饭是为了自己,而穿衣则是为了别人。道理自明,不用辩证。哪有一个人穿着华丽,珠光宝气,天天坐在菱花镜前,顾影自怜?如果真正有的话,他或她距入疯人院的日期也不会远了。

谈到衣着的款式,我有一个非常具体的经验。五十多年

第二章 \ 存信仰而安宁 \

前,回国初到上海,买了一件风雨衣,至今虽然袖子已经磨破,我仍然照穿不误。不意内行人忽然对我说:这正是当今最流行的款式!乍听之下,大吃一惊。继而思之,极有道理。要举例子,就在手边。若干年前曾一度流行穿喇叭裤,一夜之间,仿佛有神力催动,满街盈巷,人山人海中无不喇叭裤矣。然而"蟪蛄不知春秋",又在一夜之间,又仿佛有神风劲吹,喇叭裤一下子都销声匿迹了。我现在敢于预言:有朝一日,说不定在哪一天,喇叭裤又会君临大地。

我觉得,人类很注意衣着款式,这无关天下安危,可以不必去管。但是,人类在这一方面所表现出来的智慧低得令我吃惊。什么皮尔·卡丹,什么这国巧匠,什么那国大师,挖空心思,花样翻新,翻来翻去,差别甚微。又来了我那句老话:三十年河东,三十年河西。你等着瞧吧。到了三十年后,肯定翻回来。如果真有一个造物的智者,他会从宇宙黑洞里什么地方,笑看我们这个小球上的自以为极其聪明的芸芸众生,就像我们看猴山的群猴。

这种极低的智慧还表现在另一个方面。同样一件衣服,从小商店里买,比从燕莎、蓝岛等商城里买,价钱会相差十倍二十倍。然而非工薪阶层的大款们一定会弃小就大。衣服上又很难大书燕莎、蓝岛等字样,这会有碍美观。前几年有人戴舶来品的眼镜,会把原来的商标保留在镜片上,宁愿目光被挡,也在所不惜。这同某一些农民身着西装,打好领带,到田中去干活,同样让人感到不那么舒服。我真想成为一名服装设计师,把燕莎、蓝岛一类的字眼蕴藏在衣服的某一部分内,隐而不发,彰而不露。我一定能取得专利,成为大师。可惜我是志大才疏。像我这样的人,只配穿蓝卡其布的中山装。

1997 年 4 月 23 日

给"拆"字亮红灯

根据我长期的观察和思考,我认为,必须立刻给"拆"字亮红灯。"拆"者,拆古迹也,拆城墙也,拆比较大的建筑也。

在飞速建设我们国家的时候,拆一些东西是不可避免的。但是,我认为,现在是拆过了头。

我之所谓"古迹",并不专指名胜古迹,一个城市的原始风貌,也属于古迹一类。试问,如果一个外国人要了解我们这一座世界名城北京的原始风貌,你除了故宫、天坛、颐和园等地以外,还能领他到什么地方去呢?

在这方面,我们不是没有前车之鉴的。当年拆北京城墙的时候,虽然也有不少人反对;但是在拆风劲吹之下,还是拆掉了。后来这一位主持拆墙的市长,自己也承认,城墙是完全可以不拆的。在城外找个地方发展经济，是并不困难的。

北京城墙事件发生以后，有什么机构做了一次调查，全国城墙保存完整的不多，最著名的是湖北的江陵。西安拆城墙保留了四分之一，也受到了关注和表扬。我并不主张城墙非保留不行。如果不妨碍大局，保留一下，留一点旧日的风貌，也是有益无害的。

我曾访问过亚、欧、非三洲的许多著名的、古老的大学。在几所长达六七百年的大学中，古树参天，浓荫匝地，在古老建筑物的窗子上，碧萝密布；草色当然不能入帘青了，但仍能让人感到草色的存在。在这样的大厅里读书、写文章，书焉能读不进去，文章又焉能不梦笔生花呢？

中国办教育有几千年的历史，兴办最高学府太学、国子监等等，至少也有两千来年的历史了。上述外国大学的情况到哪里去找呢？

这只能归罪于一个"拆"字。

今年是北京城建城八百五十周年，试问我们今天到北京什么地方能感受到这样古老历史的气氛呢？

这又不能不归罪于一个"拆"字。

我不鼓励人们到处发思古之幽情。总起来说，我们应该向前看，向未来看，那里才是我们希望之所在。但是，在紧张劳动之余，能够有机会发点思古之幽情，能使我们头脑清醒，灵魂沉静。清醒与沉静大有利于再战。

根据我的观察，现在拆势未减，似乎也没有人想到这个问题。

我们必须给"拆"字亮红灯。

2003 年 9 月 24 日

隔 膜

鲁迅先生曾写过关于"隔膜"的文章,有些人是熟悉的。鲁迅的"隔膜",同我们平常使用的这个词儿的含义不完全一样。我们平常所谓"隔膜"是指"情意不相通,彼此不了解"。鲁迅的"隔膜"是单方面的以主观愿望或猜度去了解对方,去要求对方。这样做,鲜有不碰钉子者。这样的例子,在中国历史上并不稀见。即使有人想"颂圣",如果隔膜,也难免撞在龙椅角上,一命呜呼。

最近读到韩昇先生的文章《隋文帝抗击突厥的内政因素》(《欧亚学刊》第二期),其中有几句话:"对此,从种族性格上斥责突厥'反复无常',其出发点是中国理想主义感情性的'义'观念。国内伦理观念与国际社会现实的矛盾冲突,在中国

第二章 \ 存信仰而安宁 \

对外交往中反复出现,深值反思。"这实在是见道之言,值得我们深思。我认为,这也是一种"隔膜"。

记得当年在大学读书时,适值"九·一八事件"发生,日军入寇东北。当时南京政府派大员赴日内瓦国联(相当于今天的联合国)控诉,要求国联伸张正义。当时我还属于隔膜党,义愤填膺,等待着国际伸出正义之手。结果当然是落了空。我颇恨恨不已了一阵子。

在这里,关键是什么叫"义"?什么叫"正义"?韩文公说:"行而宜之之谓义。"可是"宜之"的标准是因个人而异的,因民族而异的,因国家而异的,因立场不同而异的。不懂这个道理,就是"隔膜"。

懂这个道理,也并不容易。我在德国住了十年,没有看到有人在大街上吵架,也很少看到小孩子打架。有一天,我看到了,就在我窗外马路对面的人行道上,两个男孩在打架,一个大的约十三四岁,一个小的只有七八岁,个子相差一截,力量悬殊明显。不知为什么,两个人竟干起架来。不到一个回合,小的被打倒在地,哭了几声,立即又爬起来继续交手,当然又被打倒在地。如此被打倒了几次,小孩边哭边打,并不服输。此时周围已经聚拢了一些围观者。我总期望,有一个人会像在中国一样，主持正义，说一句："你这么大了，怎么能欺负小的呢！"但是没有。最后还是对门住的一位老太太从窗子里对准两个小孩泼出了一盆冷水，两个小孩各自哈哈大笑，战斗才告结束。

这件小事给了我一个重要的教训：在西方国家眼中，谁的拳头大，正义就在谁手里。我从此脱离了隔膜党。

今天，我们的国家和人民都变得更加聪明了，与隔膜的距离越来越远了。我们努力建设我们的国家，使人民的生活水平越来越提高。对外我们绝不侵略别的国家，但也绝不允许别的国家侵略我们。我们也讲主持正义；但是，这个正义与隔膜是不搭界的。

2001 年 2 月 27 日

医生也要向病人学点什么

现在住在医院里,天天见到医生,因此想到了一些与医生有关的问题。

医生是人类生命的最高保护神,人们对他们怎样崇敬都不为过。

中国古代,巫、医并提。在原始社会里,巫是有地位的,治病也用巫术。神农尝百草的故事,象征着的大概是用草药治病的开始。以后,随着社会的前进,学科和职业分工越来越细。即以医学这一门学科而论,现在已经分得五花八门,让外行人眼花缭乱了。每一个部门的专家差不多都是悬梁刺股,囊萤映雪,十年,几十年,才成了真正的专家。

成了专家,当然是好事。但是,事情也往往有它的另一面。在这样的环境里,极少数的人,包括医生在内,逐渐形成了一种超自信的心理状态。自信是必要的,超自信就往往能带来危害。

我讲一个小故事。1978年,我随中国对外友协代表团访问印度。团员中有解放军石家庄医院的院长和一位高级大夫。我们天天在一起闲聊,简直可以说是无话不谈。有一次,我们谈到了安眠药。那位大夫一听说到了本行,便口若悬河、滔滔不绝,给我仔细讲解各种各样的安眠药的性能,唯恐我不明白,一定要让我这块顽石点头。大夫这种认真态度,实在让我非常感动。最后,我问他患没患过失眠症,他说,从来没有。我暗自窃笑。我患失眠症,已有几十年的历史,看来比他的年龄还长。理论我不懂,实践却是大大地有。我在德国时服用的安眠药小瓶,装满了半个抽屉,可见我的"战绩"之丰厚。这位大夫竟在我面前大摆老资格,我难道会没有"江边卖水,圣人门前卖字"之感吗?如果现在创设一个二级或三级学科的比较安眠药学,我自信能成为博导的。

从这一件小事情,我又浮想联翩。我想到,医生和病人组成了一个矛盾的两个方面,缺一不可;从表面上来看,医生是治疗者,而病人则是被治疗者,主动权操在前者手里。这里也有一个正确处理两者关系的问题。根据我个人的观察，极少数医生的超自信，在处理这种关系的问题上产生了点副作用。医生的名声越大，这种超自信就越强，能够产生的副作用也就越多。医生应该能够激发病人全心全意地，自觉自愿地，积极主动地参加到治疗活动中来。这样对治疗会有很大的好处。

我有一个真正是荒谬的想法：如果一个医生对他自己所研究所治疗的那种病也患上一点的话，他对那种病会有切肤的感性认识，同病人有共同的语言，治疗起来会更方便。这种想法确实是荒谬的。癣疥之疾患上一点当无大害，如果连可怕的病都患上，医生自顾不暇，哪里还能来给病人治病呢？

写到这里，我自己也糊涂了，越说越不明白。反正，我有一个极为淳朴的信念：医生也应该而且可能向病人学点什么。

2002 年 8 月 27 日

爱情

一

人们常说,爱情是文艺创作的永恒的主题。不同意这个意见的人,恐怕是不多的。爱情同时也是人生不可缺少的东西,即使后来出家当了和尚,与爱情完全"拜拜";在这之前也曾蹚过爱河,受过爱情的洗礼。有名的例子不必向古代去搜求,近代的苏曼殊和弘一法师就摆在眼前。

可是为什么我写"人生漫谈"已经写了三十多篇,还没有碰爱情这个题目呢?难道爱情在人生中不重要吗?非也。只因它太重要,太普遍,却又太神秘,太玄乎,我因而不敢去碰它。

中国俗话说:"丑媳妇迟早要见公婆的。"我迟早也必须写

第二章　存信仰而安宁

关于爱情的漫谈的。现在，适逢有一个机会，我正读法国大散文家蒙田的随笔《论友谊》这一篇，里面谈到了爱情。我干脆抄上几段，加以引申发挥，借他人的杯，装自己的酒，以了此一段公案。以后倘有更高更深刻的领悟，还会再写的。

蒙田说："我们不可能将爱情放在友谊的位置上。""我承认，爱情之火更活跃，更激烈，更灼热……但爱情是一种朝三暮四、变化无常的感情，它狂热冲动，时高时低，忽冷忽热，把我们系于一发之上。而友谊是一种普遍和通用的热情。……再者，爱情不过是一种疯狂的欲望，越是躲避的东西越要追求。……爱情一旦进入友谊阶段，也就是说，进入意愿相投的阶段，它就会衰弱和消逝。爱情是以身体的快感为目的，一旦享有了，就不复存在。"

总之，在蒙田眼中，爱情比不上友谊，不是什么好东西。我个人觉得，蒙田的话虽然说得太激烈，太偏颇，太极端；然而我们不能不承认，它有合理的实事求是的一方面。

根据我个人的观察与思考，我觉得，世人对爱情的态度可以笼统分为两大流派：一派是现实主义，一派是理想主义。蒙田显然属于现实主义，他没有把爱情神秘化、理想化。如果他是一个诗人的话，他也决不会像一大群理想主义的诗人那样,写出些卿卿我我、鸳鸯蝴蝶,有时候甚至拿肉麻当有趣的诗篇,令普天下的才子佳人们击节赞赏。他干净利落地直言不讳,把爱情说成是"朝三暮四、变化无常的感情"。对某一些高人雅士来说,这实在有点大煞风景,仿佛在佛头上着粪一样。

我不才,窃自附于现实主义一派。我与蒙田也有不同之处:我认为,在爱情的某一个阶段,可能有纯真之处。否则就无法解释,据说日本青年恋人在相爱达到最高潮时有的就双双跳入火山口中,让他们的爱情永垂不朽。

二

像这样的情况,在日本恐怕也是极少极少的。在别的国家,则未闻之也。

当然,在别的国家也并不缺少歌颂纯真爱情的诗篇、戏剧、小说,以及民间传说。莎士比亚的《罗密欧与朱丽叶》,中国的梁山伯与祝英台是世所周知的。谁能怀疑这种爱情的纯真呢?专就中国来说,民间类似梁祝爱情的传说,还能够举出不少来。至于"誓死不嫁"和"誓死不娶"的真实的故事,则所在多有。这样一来,爱情似乎真同蒙田的说法完全相违,纯真圣洁得不得了啦。

我在这里想分析一个有名的爱情的案例,这就是杨贵妃和唐玄宗的爱情故事,这是一个古今艳称的故事。唐代大诗人白居易的《长恨歌》歌颂的就是这一件事。你看,唐玄宗失掉了杨贵妃以后,他是多么想念,多么情深:"夕殿萤飞思悄然,孤灯挑尽未成眠。"这一首诗的最后两句是:"天长地久有时尽,此恨绵绵无绝期。"写得多么动人心魄,多么令人同情,好像他们两人之间的爱情真正纯真到了无以复加的程度。但是,常识告诉我们,爱情是有排他性的,真正的爱情不容有一个第三者。可是唐玄宗怎样呢?"后宫佳丽三千人",小老婆真够多的。即使是"三千宠爱在一身",这"在一身"能可靠吗?白居易以唐代臣子,竟敢乱谈天子宫闱中事,这在明清是绝对办不到的。这先不去说它,白居易真正头脑简单到相信这爱情是纯真的才加以歌颂吗?抑或另有别的原因?

这些封建的爱情"俱往矣",今天我们怎样对待爱情呢?我明人不说暗话,我是颇有点同意蒙田的意见的。中国古人说:"食、色,性也。"爱情,特别是结婚,总是同"色"相联系的。家喻户晓的《西厢记》歌颂张生和莺莺的爱情,高潮竟是一幕"酬简",也就是"以身相许"。个中消息,很值得我们参悟。

  我们今天的青年怎样对待爱情呢？这我有点不大清楚，也没有什么青年人来同我这望九之年的老古董谈这类事情。据我所见所闻，那一套封建的东西早为今天的青年所扬弃。如果真有人想向我这爱情的盲人问道的话，我也可以把我的看法告诉他们的。如果一个人不想终生独身的话，他必须谈恋爱以至结婚，这是"人间正道"。但是千万别浪费过多的时间，终日卿卿我我，闹得神魂颠倒，处心积虑，不时闹点小别扭，学习不好，工作难成，最终还可能是"竹篮子打水一场空"。这真是何苦来！我并不提倡两人"一见倾心"，立即办理结婚手续。我觉得，两个人必须有一个互相了解的过程。这过程不必过长，短则半年，多则一年。余出来的时间应当用到刀刃上，搞点事业，为了个人，为了家庭，为了国家，为了世界。

三

  已经写了两篇关于爱情的短文，但觉得仍然是言犹未尽，现在再补写一篇。像爱情这样平凡而又神秘的东西，这样一种社会现象或心理活动，即使再将篇幅扩大十倍，二十倍，一百

第二章　存信仰而安宁

倍，也是写不完的。补写此篇，不过聊补前两篇的一点疏漏而已。

在旧社会实行"父母之命，媒妁之言"的办法，男女青年不必伤任何脑筋，就入了洞房。我们可以说，结婚是爱情的开始。但是，不要忘记，也有"绿叶成荫子满枝"而终于不知爱情为何物的例子，而且数目还不算太少。到了现代，实行自由恋爱了，有的时候竟成了结婚是爱情的结束。西方和当前的中国，离婚率颇为可观，就是一个具体的例证。据说，有的天主教国家教会禁止离婚。但是，不离婚并不等于爱情能继续，只不过是外表上合而不离，实际上则各寻所欢而已。

爱情既然这样神秘，相爱和结婚的机遇——用一个哲学的术语就是偶然性——又极其奇怪，极其突然，绝非我们个人所能掌握的。在困惑之余，东西方的哲人俊士束手无策，还是老百姓有办法，他们乞灵于神话。

一讲到神话，据我个人的思考，就有中外之分。西方人创造了一个爱情，叫作 Jupiter 或 Cupid，是一个手持弓箭的童子，他的箭射中了谁，谁就坠入爱河。印度古代文化毕竟与欧洲古希腊、古罗马有缘，他们也创造了一个叫作 Kāmaolliva 的爱神，也是手持弓箭，被射中者立即相爱，绝不敢有违。这个神

/ 糊涂一点 潇洒一点 /

话当然是同一来源，此不见论。

在中国，我们没有"爱神"的信仰，我们另有办法。我们创造了一个月老，他手中拿着一条红线，谁被红线拴住，不管是相距多么远，天涯海角，也会恍若比邻，两人必然走到一起，相爱结婚。从前西湖有一座月老祠，有一副对联是天下闻名的："愿天下有情人都成了眷属，是前生注定事莫错过姻缘。"多么质朴，多么有人情味！只有对某些人来说，"前生"和"姻缘"显得有点渺茫和神秘。可是，如果每一对夫妇都回想一下你们当初相爱和结婚的过程的话，你能否定月老祠的这一副对联吗？

我自己对这副对联是无法否认的，但又找不到"科学根据"。我倒是想忠告今天的年轻人，不妨相信一下。我对现在西方和中国青年人的相爱和结婚的方式，无权说三道四，只是觉得不大能接受。我自知年已望九，早已属于博物馆中的人物。我力避发九斤老太之牢骚，但有时又如骨鲠在喉不得不一吐为快耳。

1997 年 11 月 22 日

第 3 章

我是自己的主人

我自己是喜欢而且习惯于讲点实话的人。
讲别人，讲自己，
我都希望能够讲得实事求是，
水分越少越好。

糊涂一点，潇洒一点

最近一个时期，经常听到人们的劝告："要糊涂一点，要潇洒一点。"

关于第一点糊涂问题，我最近写过一篇短文《难得糊涂》。在这里，我把糊涂分为两种：一种叫真糊涂，一种叫假糊涂。普天之下，绝大多数的人，争名于朝，争利于市。尝到一点小甜头，便喜不自胜，手舞足蹈，心花怒放，忘乎所以。碰到一个小钉子，便忧思焚心，眉头紧皱，前途暗淡，哀叹不已。这种人滔滔者天下皆是也。他们是真糊涂，但并不自觉。他们是幸福的，愉快的。愿老天爷再向他们降福。

至于假糊涂或装糊涂，则以郑板桥的"难得糊涂"最为典型。郑板桥一流的人物是一点也不糊涂的。但是现实的情况又迫使他们非假糊涂或装糊涂不行。他们是痛苦的。我祈祷老天爷赐给他们一点真糊涂。

谈到潇洒一点的问题，首先必须对这个词儿进行一点解释。这个词儿圆融无碍，谁一看就懂，再一追问就糊涂。给这样一个词儿下定义，是超出我的能力的。还是查一下词典好。《现代汉语词典》的解释是："（神情、举止、风貌等）自然大方，有韵致，不拘束。"看了这个解释，我吓了一跳。什么"神情"，什么"风貌"，又是什么"韵致"，全是些抽象的东西，让人无法把握。这怎么能同我平常理解和使用的"潇洒"挂上钩呢？我是主张模糊语言的，现在就让"潇洒"这个词儿模糊一下吧。我想到中国六朝时代一些当时名士的举动，特别是《世说新语》等书所记载的，比如刘伶的"死便埋我"，什么雪夜访戴，等等，应该算是"潇洒"吧。可我立刻又想到，这些名士，表面上潇洒，实际上心中如焚，时时刻刻担心自己的脑袋。有的还终于逃不过去，嵇康就是一个著名的例子。

写到这里，我的思维活动又逼迫我把"潇洒"，也像糊涂一样，分为两类：一真一假。六朝人的潇洒是装出来的，因而是假的。

这些事情已经"俱往矣"，不大容易了解清楚。我举一个现代的例子。20世纪30年代，我在清华读书的时候，一位教授（姑隐其名）总想充当一下名士，潇洒一番。冬天，他穿上锦缎棉袍，下面穿的是锦缎棉裤，用两条彩色丝带把棉裤紧紧地系在腿的下部。头上头发也故意不梳得油光发亮。他就这样飘飘然走进课堂，顾影自怜，大概十分满意。在学生们眼中，他这种矫揉造作的潇洒，却是丑态可掬，辜负了他一番苦心。

同这位教授唱对台戏的——当然不是有意的——是俞平伯先生。有一天，平伯先生把脑袋剃了个精光，高视阔步，昂然从城内的住处出来，走进了清华园。园内几千人中这是唯一的一个精光的脑袋，见者无不骇怪，指指点点，窃窃私语，而平伯先生则全然置之不理，照样登上讲台，高声朗诵宋代名词，摇头晃脑，怡然自得。朗诵完了，连声高呼："好！好！就是好！"此外再没有别的话说。古人说："是真名士自风流。"同那位教英文的教授一比，谁是真风流，谁是假风流；谁是真潇洒，谁是假潇洒，昭然呈现于光天化日之下。

这一个小例子，并没有什么深文奥义，只不过是想辨真伪而已。

为什么人们提倡糊涂一点，潇洒一点呢？我个人觉得，这能提高人们的和为贵的精神，大大地有利于安定团结。

写到这里,这一篇短文可以说是已经写完了。但是,我还想加上一点我个人的想法。

当前,我国举国上下,争分夺秒,奋发图强,巩固我们的政治,发展我们的经济,以期能在预期的时间内建成名副其实的小康社会。哪里容得半点糊涂、半点潇洒!但是,我们中国人一向是按照辩证法的规律行动的。古人说:"文武之道,一张一弛。"有张无弛不行,有弛无张也不行。张弛结合,斯乃正道。提倡糊涂一点,潇洒一点,正是为了达到这个目的。

2002 年 12 月 18 日

辞"国学大师"

现在在某些比较正式的文件中，在我头顶上也出现"国学大师"这一灿烂辉煌的光环。这并非无中生有，其中有一段历史渊源。

约莫十几二十年前，中国的改革开放大见成效，经济飞速发展。文化建设方面也相应地活跃起来。有一次在还没有改建的大讲堂里开了一个什么会，专门向同学们谈国学，中华文化的一部分毕竟是保留在所谓"国学"中的。当时在主席台上共坐着五位教授，每个人都讲上一通。我是被排在第一位的，说了些什么话，现在已忘得干干净净。《人民日报》的一位资深记者是北大校友，"于无声处听惊雷"，在报上写了一篇长文《国学，在燕园又悄然兴起》。从此以后，其中四位教授，包括我在内,就被称为"国学大师"。他们三位的国学基础都比我强得多。他们对这一顶桂冠的想法如何,我不清楚。我自己被戴上了这一顶桂冠,却是浑身起鸡皮疙瘩。这情况引起了一位学者(或者别的什么"者")的"义愤",触动了他的特异功能,在杂志上著文说,提倡国学是对抗马克思主义。这话真是石破天惊,匪夷所思,让我目瞪口呆。一直到现在,我仍然没有想通。

说到国学基础,我从小学起就读经书、古文、诗词。对一些重要的经典著作有所涉猎。但是我对哪一部古典,哪一个作家都没有下过死功夫,因为我从来没想成为一个国学家。后来专治其他的学术,浸淫其中,乐不可支。除了尚能背诵几百首诗词和几十篇古文外;除了尚能在最大的宏观上谈一些与国学有关的自谓是大而有当的问题比如天人合一外,自己的国学知识并没有增加。环顾左右,朋友中国学基础胜于自己者,大有人在。在这样的情况下,我竟独占"国学大师"的尊号,岂不折杀老身(借用京剧女角词)!我连"国学小师"都不够,遑论"大师"!

为此,我在这里昭告天下:请从我头顶上把"国学大师"的桂冠摘下来。

辞"学界(术)泰斗"

这要分两层来讲：一个是教育界，一个是人文社会科学界。

先要弄清楚什么叫"泰斗"。泰者，泰山也；斗者，北斗也。两者都被认为是至高无上的东西。

光谈教育界。我一生做教书匠，爬格子。在国外教书十年，在国内五十七年。人们常说："没有功劳，也有苦劳。"特别是在过去几十年中，天天运动，花样翻新，总的目的就是让你不得安闲，神经时时刻刻都处在万分紧张的情况中。在这样的情况下，我一直担任行政工作，想要做出什么成绩，岂不戛戛乎难矣哉！我这个"泰斗"从哪里讲起呢？

在人文社会科学的研究中，说我做出了极大的成绩，那不是事实。说我一点成绩都没有,那也不符合实际情况。这样的人,滔滔者天下皆是也。但是,现在偏偏把我"打"成泰斗。我这个泰斗又从哪里讲起呢?

为此,我在这里昭告天下:请从我头顶上把"学界(术)泰斗"的桂冠摘下来。

辞"国宝"

在中国,一提到"国宝",人们一定会立刻想到人见人爱、憨态可掬的大熊猫。这种动物数量极少,而且只有中国有,称之为"国宝",它是当之无愧的。

可是,大约在八九年前,在一次会议上,北京市的一位领导突然称我为"国宝",我极为惊愕。到了今天,我所到之处,"国宝"之声洋洋乎盈耳矣。我实在是大惑不解。当然,"国宝"这一顶桂冠并没有为我一人所垄断,其他几位书画名家也有此称号。

我浮想联翩,想探寻一下起名的来源。是不是因为中国只有一个季羡林,所以他就成为"宝"。但是,中国的赵一、钱二、孙三、李四等,也都只有一个,难道中国能有十三亿"国宝"吗？

这种事情，痴想无益，也完全没有必要。我来一个急刹车。

为此，我在这里昭告天下：请从我头顶上把"国宝"的桂冠摘下来。

三顶桂冠一摘，还了我一个自由自在身。身上的泡沫洗掉了，露出了真面目，皆大欢喜。

露出了真面目，自己是不是就成了原来蒙着华贵的绸罩的朽木架子，而今却完全塌了架呢？

也不是的。我自己是喜欢而且习惯于讲点实话的人。讲别人，讲自己，我都希望能够讲得实事求是，水分越少越好。我自己觉得，桂冠取掉，里面还不是一堆朽木，还是有颇为坚实的东西的。至于别人怎样看我，我并不十分清楚。因为，正如我在上面说的那样，别人写我的文章我基本上是不读的，我怕里面的溢美之词。现在困居病房，长昼无聊，除了照样舞笔弄墨之外，也常考虑一些与自己学术研究有关的问题；凭自己那一点自知之明，考虑自己学术上有无"功业"，有什么"功业"。我尽量保持客观态度。过于谦虚是矫情，过于自吹自擂是老王，二者皆为我所不敢取。我在下面就"夫子自道"一番。

我常常戏称自己为"杂家"。我对人文社会科学领域内，甚至科技领域内的许多方面都感兴趣。我常说自己是"样样通，样样松"。这话并不确切。很多方面我不通，有一些方面也不松。合辙押韵，说着好玩而已。

我从事科学研究工作，已经有七十年的历史。我这个人在任何方面都是后知后觉。研究开始时并没有显露出什么奇才异能，连我自己都不满意。后来逐渐似乎开了点窍，到了德国以后，才算是走上了正路。但一旦走上了正路，走的就是快车道。回国以后，受到了众多的干扰，有段时间甚至完全停止。改革开放，新风吹起，我又重新上路，到现在已有二十多年了。

根据我自己的估算，我的学术研究的第一阶段是德国十年，研究的主要方向是原始佛教梵语，我的博士论文就是这方面的题目。在论文中，我论到了一个可以说是被我发现的新的语尾，据说在印欧语系比较语言学上颇有重要意义，引起了比较语言学教授的极大关注。到了1965年，我还在印度语言学会出版的 *Indian Linguistics Vol. II* 发表了一篇 "On the Ending-neatha for the First Person Rlural Atm, in the Buddhist mixed

Dialect"。这是我博士论文的持续发展。当年除了博士论文外，我还写了两篇比较重要的论文，一篇是讲"不定过去时"的，一篇讲"-am > o, u"。都发表在哥廷根科学院院刊上。在德国，科学院是最高学术机构，并不是每一个教授都能成为院士。德国规矩，一个系只有一个教授，无所谓系主任。每一个学科，全国也不过有二三十个教授，比不了我们现在大学中一个系的教授数量。在这样的情况下，再选院士，其难可知。科学院的院刊当然都是代表最高学术水平的。我以一个三十岁刚出头的异国的毛头小伙子竟能在上面连续发表文章，要说不沾沾自喜，那就是纯粹的谎话了。而且我在文章中提出的结论至今仍能成立，还有新出现的材料来证明，足以自慰了。此时还写了一篇关于解读吐火罗文的文章。

1946年回国以后，由于缺少最起码的资料和书刊，原来做的研究工作无法进行，只能改行，我就转向佛教史研究，包括印度、中亚以及中国佛教史在内。在印度佛教史方面，我给与释迦牟尼有不共戴天之仇的提婆达多翻了案，平了反。公元前五六世纪的北天竺，西部是婆罗门的保守势力，东部则兴起了新兴思潮，是前进的思潮，佛教代表的就是这种思潮。提婆达多同佛祖对着干，事实俱在，不容怀疑。但是，他的思想和学说的本质是什么，我一直没弄清楚。我觉得，古今中外写佛教史者可谓多矣，却没有一人提出这个问题，这对真正印度佛教史的研究是不利的。在中亚和中国内地的佛教信仰中，我发现了弥勒信仰的重要作用。也可以算是发前人未发之覆。我那两篇关于"浮屠"与"佛"的文章，篇幅不长，却解决了佛教传入中国的道路的大问题，可惜没引起重视。

我一向重视文化交流的作用和研究。我是一个文化多元论者，我认为，文化一元论有点法西斯味道。在历史上，世界民族，无论大小，大多数都对人类文化作出了贡献。文化一产生，就必然会交流，互学，互补，从而推动人类社会的进步。我们难以想象，如果没有文化交流，今天的世界会是一个什么样子。在这方面，我不但写过不少的文章，而且在我的许多著作中也贯彻了这种精神。长达约八十万字的《糖史》就是一个好例子。

提到《糖史》，我就来讲一讲这一部书完成的情况。我发现，现在世界上流行的语言中，"糖"这一个词儿几乎都是转弯抹角地出自印度梵文的"arkarā"这个词。我从而领悟到，在糖这种微末不足道的日常用品中竟隐含着一段人类文化交流史。于是我从很多年前就着手搜集这方面的资料。在德国读书时，我在汉学研究所曾翻阅过大量的中国笔记，记得里面颇有一些关于糖的资料。可惜当时我脑袋里还没有这个问题，就视而不见，空空放过，而今再想弥补，是绝对不可能的事情了。今天有了这问题，只能从头做起。最初，电子计算机还很少很少，而且技术大概也没有过关。即使过了关，也不可能把所有的古籍或今籍一下子都收入。留给我的只有一条笨办法：自己查书。然而，群籍浩如烟海，穷我毕生之力，也是难以查遍的。幸而我所在的地方好，北大藏书甲上庠，查阅方便。即使这样，我也要定一个范围。我以善本部和楼上的教员阅览室为基地，有必要时再走出基地。教员阅览室有两层楼的书库，藏书十余万册。于是在我八十多岁后，正是古人"含饴弄孙"的时候，我却开始向科研冲刺了。我每天走七八里路，从我家到大图书馆，除星期日大馆善本部闭馆外，不管是冬天，还是夏天；不管是刮风下雨，还是坚冰在地，我从未间断过。如是者将及两年，我终于翻遍了书库，并且还翻阅了《四库全书》中有关典籍，特别是医书。我发现了一些规律。首先是，在中国最初只饮蔗浆，用蔗制糖的时间比较晚。其次，同在古代波斯一样，糖最初是用来治病的，不是调味的。再次，从中国医书上来看，使用糖的频率越来越小，最后几乎很少见了。最后，也是最重要的一点,把原来是红色的蔗汁熬成的糖浆提炼成洁白如雪的白糖的技术是中国发明的。到现在,世界上只有两部大型的《糖史》,一为德文,算是世界名著;一为英文,材料比较新。在我写《糖史》第二部分,国际部分时,曾引用过这两部书中的一些资料。做学问,搜集资料,我一向主张要有一股"竭泽而渔"的劲头。不能贪图省力,打马虎眼。

既然讲到了耄耋之年向科学进军的情况,我就讲一讲有关吐火罗文研究。我在德国时,本来不想再学别的语言了,因为已经学了不少,超过了我这个小脑袋瓜的负荷能力。但是,那一位像自己祖父般的西克(E.Sieg)教授一定要把他毕生所掌握的绝招统统传授给我。我只能向他那火一般的热情屈服,学习了吐火罗文A焉耆语和吐火罗文B龟兹语。我当时写过一篇文章,讲《福力太子因缘经》的诸译本,解决了吐火罗文本中的一些问题,确定了几个过去无法认识的词儿的含义。回国以后,也是由于缺乏资料,只好忍痛与吐火罗文告别,几十年没有碰过。20世纪70年代,在新疆焉耆县七个星镇的断壁残垣中发掘出来了吐火罗文A的《弥勒会见记剧本》残卷。新疆博物馆的负责人亲临寒舍,要求我加以解读。我由于没有信心,坚决拒绝。但是他们苦求不已,我只能答应下来,试一试看。结果是,我的运气好,翻了几张,书名就赫然出现:《弥勒会见记剧本》。我大喜过望。于是在冲刺完了《糖史》以后,立即向吐火罗文进军。我根据回鹘文同书的译本,把吐火罗文本整理了一番,理出一个头绪来。陆续翻译了一些,有的用中文,有的用英文,译文间有错误。到了20世纪90年代后期,我集中精力,把全部残卷译成了英文。我请了两位国际上公认是吐火罗文权威的学者帮助我,一位德国学者,一位法国学者。法国学者补译了一段,其余的百分之九十七八以上的工作都是我做的。即使我再谦虚,我也只能说,在当前国际上吐火罗文研究最前沿,中国已经有了位置。

下面谈一谈自己的散文创作。我从中学起就好舞笔弄墨。到了高中,受到了董秋芳老师的鼓励。从那以后的七十年中,一直写作不辍。我认为是纯散文的也写了几十万字之多。但我自己喜欢的却为数极少。评论家也有评我的散文的;一般说来,我都是不看的。我觉得,文艺评论是一门独立的科学,不必与创作挂钩太亲密。世界各国的伟大作品没有哪一部是根据评论家的意见创作出来的。正相反,伟大作品倒是评论家的研究对象。目前的中国文坛上,散文又似乎是引起了一点小小的风波，有人认为散文处境尴尬，等等，皆为我所不解。中国是世界散文大国，两千多年来出现了大量优秀作品，风格各异，至今还为人所诵读，并不觉得不新鲜。今天的散文作家大可以尽量发挥自己的风格，只要作品好，有人读，就算达到了目的，凭空作南冠之泣是极为无聊的。前几天，病房里的一位小护士告诉我，她在回家的路上一气读了我五篇散文，她觉得自己的思想感情有向上的感觉。这种天真无邪的评语是对我最高的鼓励。

最后，还要说几句关于翻译的话。我从不同文字中翻译了不少文学作品，其中最主要的当然是印度大史诗《罗摩衍那》。

以上是我根据我那一点自知之明对自己"功业"的评估，是我的"优胜纪略"。但是，我自己最满意的还不是这些东西，而是自己胡思乱想关于"天人合一"的新解。至少在十几年前，我就想到了一个问题。大自然中出现了不少问题，比如生态平衡遭破坏，植物灭种，臭氧层出洞，气候变暖，淡水资源匮乏，新疾病丛生，等等。哪一样不遏制，人类发展前途都会受到影响。我认为，这些危害都是西方与大自然为敌，要征服自然的结果。西方哲人歌德、雪莱、恩格斯等早已提出了警告，可惜听之者寡。情况越来越严重，各国政府，甚至联合国才纷纷提出了环保问题。我并不是什么先知先觉，只是感觉到了，不得不大声疾呼而已。我的"天人合一"要求的是人与大自然做朋友，不成为敌人。我们要时刻记住恩格斯的话："大自然是会报复的。"

以上就是我的"夫子自道"，"道"得准确与否，不敢说。但是，"道"的都是真话。

此外，在提倡新兴学科方面，我也做了一些工作，比如敦煌学，我在这方面没有写过多少文章；但对团结学者和推动这项研究工作，我作出了一些贡献。又如比较文学，关于比较文学的理论问题，我几乎没有写过文章，因为我没有研究。但是中国第一个比较文学研究会是在北大成立的，可以说是开风气之先。此外，我还主编了几种大型的学术丛书，首先就是《东方文化集成》，准备出五百种，用高水平的研究成果，向世界人民展示什么叫东方文化。我还帮助编纂了《四库全书存目丛书》，取得了很大的成功。其余几种现在先不介绍了。我觉得有相当大意义的工作是我把印度学引进了中国，或者也可以说，在中国过去有光辉历史的有上千年历史的印度研究又重新恢复起来。现在已经有了几代传人，方兴未艾。要说从我身上还有什么值得学习的东西，那就是勤奋。我一生不敢懈怠。

总而言之，我就是通过这一些"功业"获得了名声，大都是不虞之誉。政府、人民，以及学校给予我的待遇，同我对人民和学校所作的贡献，相差不可以道里计。我心里始终感到愧疚不安。现在有了病，又以一个文职的教书匠硬是挤进了部队军长以上的高干疗养的病房，冒充了四十五天的"首长"。政府与人民待我可谓厚矣。扪心自问，我何德何才，获此殊遇！

就在进院以后，专家们都看出了我这一场病的严重性，是一场能致命的不大多见的病。我自己却还糊里糊涂，掉以轻心，溜溜达达，走到阎王爷驾前去报到。大概由于文件上一百多块图章数目不够，或者红包不够丰满，被拒收，我才又走回来，再也不敢三心二意了，一住就是四十五天，捡了一条命。

我在医院中是一个非常特殊的病人，一般的情况是，病人住院专治一种病，至多两种。我却一气治了四种病。我的重点是皮肤科，但借住在呼吸道科病房里，于是大夫也把我吸收为他们的病人。一次我偶尔提到，我的牙龈溃疡了。院领导立刻安排到牙科去，由主任亲自动手，把我的牙整治如新。眼科也是很偶然的。我们认识魏主任，他说要给我治眼睛。我的眼睛毛病很多,他作为专家,一眼就看出来了。细致地检查,认真地观察,在十分忙碌的情况下,最后他说了一句铿锵有力的话:"我放心了!"我听了当然也放心了。他又说,今后五六年中没有问题。最后还配了一副我生平最满意的眼镜。

上面讲的主要是医疗方面的情况。我在这里还领略了人情之美。我进院时,是病人对医生的关系。虽然受到院长、政委、几位副院长,以及一些科主任和大夫的礼遇,仍然不过是这种关系的表现。

但是,悄没声地这种关系起了变化。我同几位大夫逐渐从病人和医生的关系转向朋友的关系,虽然还不能说无话不谈,却能谈得很深,讲一些蕴藏在心灵中的真话。常言道:"对人只讲三分话,不能全抛一片心。"讲点真话,也并不容易的。此外,我同本科的护士长、护士,甚至打扫卫生的外地来的小女孩,也都逐渐熟了起来,连给首长陪住的解放军战士也都成了我的忘年交,其乐融融。

我的七十年前的老学生、原三〇一副院长牟善初,至今已到了望九之年,仍然每天穿上白大褂,巡视病房。他经常由周大夫陪着到我屋里来闲聊。七十年的漫长的岁月并没有隔断我们的师生之情,不也是人生一大快事吗?

我的许多老少朋友,包括江牧岳先生在内,亲临医院来看我。如果不是三〇一门禁极为森严,则每天探视的人将挤破大门。我真正感觉到了,人间毕竟是温暖的,生命毕竟是可爱的,生活着毕竟是美丽的(我本来不喜欢某女作家的这一句话,现在姑借用之)。

我初入院时,陌生的感觉相当严重。但是,现在我要离开这里了,却产生了浓烈的依依难舍的感情。"客房回看成乐园",我不禁一步三回首了。

我写我

我写我,真是一个绝妙的题目;但是,我的文章不一定妙,甚至很不妙。

每一个人都有一个"我",二者亲密无间,因为实际上是一个东西。按理说,人对自己的"我"应该是十分了解的;然而,事实上却不尽然。依我看,大部分人是不了解自己的,都是自视过高的。这在人类历史上竟成了一个哲学上的大问题。否则古希腊哲人发出狮子吼:"要认识你自己!"岂不成了一句空话吗?

我认为,我是认识自己的,换句话说,是有点自知之明的。我经常像鲁迅先生说的那样剖析自己。然而结果并不美妙,我剖析得有点过了头,我的自知之明过了头,有时候真感到自己一无是处。

这表现在什么地方呢？

拿写文章做一个例子。专就学术文章而言，我并不认为"文章是自己的好"。我真正满意的学术论文并不多。反而别人的学术文章，包括一些青年后辈的文章在内，我觉得是好的。为什么会出现这种心情呢？我还没得到答案。

再谈文学作品。在中学时候，虽然小伙伴们曾赠我一个"诗人"的绰号，实际上我没有认真写过诗。至于散文，则是写的，而且已经写了六十多年，加起来也有七八十万字了。然而自己真正满意的也屈指可数。在另一方面，别人的散文就真正觉得好的也十分有限。这又是什么原因呢？我也还没得到答案。

在品行的好坏方面，我有自己的看法。什么叫好？什么又叫坏？我不通伦理学，没有深邃的理论，我只能讲几句大白话。我认为，只替自己着想，只考虑个人利益，就是坏。反之能替别人着想，考虑别人的利益，就是好。为自己着想和为别人着想，后者能超过一半，他就是好人。低于一半，则是不好的人；低得过多，则是坏人。

拿这个尺度来衡量一下自己，我只能承认自己是一个好人。我尽管有不少的私心杂念，但是总起来看，我考虑别人的利益还是多于一半的。至于说真话与说谎，这当然也是衡量品行的一个标准。我说过不少谎话，因为非此则不能生存。但是我还是敢于讲真话的。我的真话总是大大地超过谎话。因此我是一个好人。

我这样一个自命为好人的人，生活情趣怎样呢？我是一个感情充沛的人，也是兴趣不老少的人。然而事实上生活了八十年以后，到头来自己都感到自己枯燥乏味，干干巴巴，好像是一棵枯树，只有树干和树枝，而没有一朵鲜花，一片绿叶。自己搞的所谓学问，别人称之为"天书"。自己写的一些专门的学术著作，别人视之为神秘。年届耄耋，过去也曾有过一些幻想，想在生活方面改弦更张，减少一点枯燥，增添一点滋润，在枯枝粗干上开出一点鲜花，长上一点绿叶；然而直到今天，仍然是忙忙碌碌，有时候整天连轴转，"为他人作嫁衣裳"，而且退休无日，路穷有期，可叹亦复可笑！

我这一生，同别人差不多，阳关大道、独木小桥，都走过跨过。坎坎坷坷，弯弯曲曲，一路走了过来。我不能不承认，我运气不错，所得到的成功，所获得的虚名，都有点名不副实。在另一方面，我的倒霉也有非常人所可得者。在曾经的某段岁月，因为敢于仗义执言，几乎把老命赔上。皮肉之苦也是永世难忘的。

现在，我的人生之旅快到终点了。我常常回忆八十年来的历程，感慨万端。我曾问过自己一个问题：如果真有那么一个造物主，要加恩于我，让我下一辈子还转生为人，我是不是还走今生走的这一条路？经过了一些思虑，我的回答是：还要走这一条路。但是有一个附带条件：让我的脸皮厚一些，让我的心黑一点，让我考虑自己的利益多一点，让我自知之明少一点。

1992 年 11 月 16 日

做真实的自己

在人的一生中，思想感情的变化总是难免的。连寿命比较短的人都无不如此，何况像我这样寿登耄耋的老人！

我们舞笔弄墨的所谓"文人"，这种变化必然表现在文章中。到了老年，如果想出文集的话，怎样来处理这样一些思想感情前后有矛盾，甚至天翻地覆的矛盾的文章呢？这里就有两种办法。在过去，有一些文人，悔其少作，竭力掩盖自己幼年挂屁股帘的形象，尽量删削年轻时的文章，使自己成为一个一生一贯正确，思想感情总是前后一致的人。

我个人不赞成这种做法，认为这有点作伪的嫌疑。我主张，一个人一生是什么样子，年轻时怎样，中年怎样，老年又怎样，都应该如实地表达出来。在某一阶段，自己的思想感情有了偏颇，甚至错误，决不应加以掩饰，而应该堂堂正正地承认。这样的文章绝不应任意删削或者干脆抽掉，而应该完整地加以保留，以存真相。

在我的散文和杂文中，我的思想感情前后矛盾的现象，是颇能找出一些来的。比如对中国社会某一个阶段的歌颂，对某一个人的崇拜与歌颂，在写作的当时，我是真诚的；后来感到一点失望，我也是真诚的。这些文章，我都毫不加以删改，统统保留下来。不管现在看起来是多么幼稚，甚至多么荒谬，我都不加掩饰，目的仍然是存真。

像我这样性格的一个人，我是颇有点自知之明的。我离一个社会活动家，是有相当大的距离的。我本来希望像我的老师陈寅恪先生那样，淡泊以明志，宁静以致远，不求闻达，毕生从事学术研究，又绝不是不关心国家大事，绝不是不爱国，那不是中国知识分子的传统。然而阴差阳错，我成了现在这样一个人。应景文章不能不写，写序也推脱不掉，"春花秋月何时了，开会知多少"，会也不得不开。事与愿违，尘根难断，自己已垂垂老矣，改弦更张，只有俟诸来生了。

1995 年 3 月 18 日

反躬自省

我在上面,从病原开始,写了发病的情况和治疗的过程、自己的侥幸心理、掉以轻心、自己的瞎鼓捣,以致酿成了几乎不可收拾的大患,进了三〇一医院。边叙事、边抒情、边发议论、边发牢骚,一直写了一万三千多字。现在写作重点是应该换一换的时候了。换的主要枢纽是反求诸己。

三〇一医院的大夫们发扬了三高的医风,熨平了我身上的创伤;我自己想用反躬自省的手段,熨平我自己的心灵。

我想从认识自我谈起。

每一个人都有一个自我,自我当然离自己最近,应该最容易认识。事实证明正相反,自我最不容易认识。所以古希腊人才发出了"Know thyself"的惊呼。一般的情况是,人们往往把自己的才能、学问、道德、成就等评估过高，永远是自我感觉良好。这对自己是不利的，对社会也是有害的。许多人事纠纷和社会矛盾由此而生。

不管我自己有多少缺点与不足之处，但是认识自己，我是颇能做到一些的。我经常剖析自己，想回答"自己究竟是一个什么样的人"这样一个问题。我自信能够客观地实事求是地进行分析。我认为，自己绝不是什么天才，绝不是什么奇才异能之士，自己只不过是一个中不溜丢的人；但也不能说是蠢材。我说不出，自己在哪一方面有什么特别的天赋。绘画和音乐我都喜欢，但都没有天赋。在中学读书时，在课堂上偷偷地给老师画像，我的同桌同学比我画得更像老师，我不得不心服。我羡慕许多同学都能拿出一手儿来，唯独我什么也拿不出。

我想在这里谈一谈我对天才的看法。在世界和中国历史上，确实有过天才；我都没能够碰到。但是，在古代，在现代，在中国，在外国，自命天才的人却层出不穷。我也曾遇到不少这样的人。他们那一副自命不凡的天才相，令人不敢向迩。别人嗤之以鼻，而这些"天才"则岿然不动，挥斥激扬，乐不可支。此种人物列入《儒林外史》是再合适不过的。我除了敬佩他们的脸皮厚之外，无话可说。我常常想，天才往往是偏才。他们大脑里一切产生智慧或灵感的构件集中在某一个点上，别的地方一概不管，这一点就是他们的天才之所在。天才有时候同疯狂融在一起，画家梵高就是一个好例子。

在伦理道德方面，我的基础也不雄厚和巩固。我绝没有现在社会上认为的那样好，那样清高。在这方面，我有我的一套"理论"。我认为，人从动物群体中脱颖而出，变成了人。除了人的本质外，动物的本质也还保留了不少。一切生物的本能，即所谓"性"，都是一样的，即一要生存，二要温饱，三要发展。在这条路上，倘有障碍，必将本能地下死力排除之。根据我的观察，生物还有争胜或求胜的本能，总想压倒别的东西，一枝独秀。这种本能人当然也有。我们常讲，在世界上，争来争去，不外名利两件事。名是为了满足求胜的本能，而利则是为了满足求生。二者联系密切，相辅相成，成为人类的公害，谁也铲除不掉。古今中外的圣人贤人们都尽过力量，而所获只能说是有限。

至于我自己，一般人的印象是，我比较淡泊名利。其实这只是一个假象，我名利之心兼而有之。只因我的环境对我有大裨益，所以才造成了这一个假象。我在四十多岁时，一个中国知识分子当时所能追求的最高荣誉，我已经全部拿到手。在学术上是中国科学院学部委员，即后来的院士。在教育界是一级教授。在政治上是全国政协委员。学术和教育我已经爬到了百尺竿头，再往上就没有什么阶梯了。我难道还想登天做神仙吗？因此，以后几十年的提升提级活动我都无权参加，只是领导而已。假如我当时是一个二级教授——在大学中这已经不低了，我一定会渴望再爬上一级的。不过，我在这里必须补充几句。即使我想再往上爬，我决不会奔走、钻营、吹牛、拍马，只问目的，不择手段。那不是我的作风，我一辈子没有干过。

写到这里，就跟一个比较抽象的理论问题挂上了钩：什么叫好人？什么叫坏人？什么叫好？什么叫坏？我没有看过伦理教科书，不知道其中有没有这样的定义。我自己悟出了一套看法，当然是极端粗浅的，甚至是原始的。我认为，一个人一生要处理好三个关系：天人关系，也就是人与大自然的关系；人人关系，也就是社会关系；个人思想和感情中矛盾和平衡的关系。处理好了，人类就能够进步，社会就能够发展。好人与坏人的问题属于社会关系。因此，我在这里专门谈社会关系，其他两个就不说了。

正确处理人与人的关系，主要是处理利害关系。每个人都有自己的利益，都关心自己的利益。而这种利益又常常会同别人有矛盾。有了你的利益,就没有我的利益。你的利益多了,我的就会减少。怎样解决这个矛盾就成了芸芸众生最棘手的问题。

人类毕竟是有思想能思维的动物。在这种极端错综复杂的利益矛盾中,他们绝大部分人都能有分析评判的能力。至于哲学家所说的良知和良能,我说不清楚。人们能够分清是非善恶,自己处理好问题。在这里无非有两种态度,既考虑自己的利益,为自己着想;也考虑别人的利益,为别人着想。极少数人只考虑自己的利益,而又以残暴的手段攫取别人的利益者,是为害群之马,国家必绳之以法,以保证社会的安定团结。

这也是衡量一个人好坏的基础。地球上没有天堂乐园,也没有小说中所说的"君子国"。对一般人民的道德水平不要提出过高的要求。一个人除了为自己着想外,能为别人着想的水平达到百分之六十,他就算是一个好人。水平越高,当然越好。那样高的水平恐怕只有少数人能达到了。

大概由于我水平太低,我不大敢同意"毫不利己,专门利人"这种提法;一个"毫不",再加上一个"专门",把话说得满到不能再满的程度。试问天下人有几个人能做到。提这个口号的人怎样呢?这种口号只能吓唬人,叫人望而却步,绝起不到提高人们道德水平的作用。

至于我自己,我是一个谨小慎微、性格内向的人。考虑问题有时候细入毫发。我考虑别人的利益,为别人着想,我自认能达到百分之六十。我只能把自己划归好人一类。我过去犯过许多错误,伤害了一些人。但那绝不是有意为之,是为我的水平低修养不够所支配的。在这里,我还必须再做一下老王,自我吹嘘一番。在大是大非问题前面,我会一反谨小慎微的本性,挺身而出,完全不计个人利害。我觉得,这是我身上的亮点,颇值得骄傲的。总之,我给自己的评价是:一个平平常常的好人,但不是一个不讲原则的滥好人。

现在我想重点谈一谈对自己当前处境的反思。

我生长在鲁西北贫困地区一个僻远的小村庄里。晚年,一个幼年时的伙伴对我说:"你们家连贫农都够不上!"在家六年,几乎不知肉味,平常吃的是红高粱饼子,白馒头只有大奶奶给吃过。没有钱买盐,只能从盐碱地里挖土煮水醃咸菜。母亲一字不识,一辈子季赵氏,连个名都没有捞上。

我现在一闭眼就看到一个小男孩,在夏天里浑身上下一丝不挂,滚在黄土地里,然后跳入浑浊的小河里去冲洗。再滚,再冲;再冲,再滚。

"难道这就是我吗?"

第三章 \ 我是自己的主人 \

"不错，这就是你！"

六岁那年，我从那个小村庄里走出，走向通都大邑，一走就走了将近九十年。我走过阳关大道，也跨过独木小桥。有时候歪打正着，有时候也正打歪着。坎坎坷坷，跌跌撞撞，磕磕碰碰，推推搡搡，云里，雾里。不知不觉就走到了现在的九十二岁，超过古稀之年二十多岁了。岂不大可喜哉！又岂不大可惧哉！我仿佛大梦初觉一样，糊里糊涂地成为一位名人。现在正住在三〇一医院雍容华贵的高干病房里。同我九十年前出发时的情况相比，只有李后主的"天上人间"四个字差堪比拟于万一。我不大相信这是真的。

我在上面曾经说到，名利之心，人皆有之。我这样一个平凡的人，有了点名，感到高兴，是人之常情。我只想说一句，我确实没有为了出名而去钻营。我经常说，我少无大志，中无大志，老也无大志。这都是实情。能够有点小名小利，自己也就满足了。可是现在的情况却不是这样子。已经有了几本传记，听说还有人正在写作。至于单篇的文章数量更大。其中说的当然都是好话，当然免不了大量溢美之词。别人写的传记和文章，我基本上都不看。我感谢作者，他们都是一片好心。我经常说，我没有那样好，那是对我的鞭策和鼓励。

我感到惭愧。

常言道,"人怕出名猪怕壮",一点小小的虚名竟能给我招来这样的麻烦,不身历其境者是不能理解的。麻烦是错综复杂的,我自己也理不出个头绪来。我现在,想到什么就写点什么,绝对是写不全的。首先是出席会议。有些会议同我关系实在不大,但又非出席不行,据说这涉及会议的规格。在这一顶大帽子下面,我只能勉为其难了。其次是接待来访者,只这一项就头绪万端。老朋友的来访,什么时候都会给我带来欢悦,不在此列。我讲的是陌生人的来访。学校领导在我的大门上贴出布告:谢绝访问。但大多数人熟视无睹,置之不理,照样大声敲门。外地来的人,其中多半是青年人,不远千里,为了某一些原因,要求见我。如见不到,他们能在门外荷塘旁等上几个小时,甚至住在校外旅店里,每天来我家附近一次。他们来的目的多种多样,但是大体上以想上北大为最多。他们慕北大之名,可惜考试未能及格。他们错认我有无穷无尽的能力和权力,能帮助自己。另外想到北京找工作的也有,想找我签个名照张相的也有。这种事情说也说不完。我家里的人告诉他们我不在家。于是我就不敢在临街的屋子里抬头,当然更不敢出门,我成了"囚徒"。其次是来信。我每天都会收到陌生人的几封信。有的也多与求学有关。有极少数的男女大孩子向我诉说思想感情方面的一些问题和困惑。据他们自己说，这些事连自己的父母都没有告诉。我读了真正是万分感动，遍体温暖。我有何德何能，竟能让纯真无邪的大孩子如此信任！据说，外面传说，我每信必复。我最初确实有这样的愿望。但是，时间和精力都有限。只好让李玉洁女士承担写回信的任务。这个任务成了德国人口中常说的"硬核桃"。其次是寄来的稿子，要我"评阅"，提意见，写序言，甚至推荐出版。其中有洋洋数十万言之作。我哪里有能力有时间读这些原稿呢？有时候往旁边一放，为新来的信件所覆盖。过了不知多少时候，原作者来信催还原稿。这却使我作了难。"只在此室中，书深不知处"了。如果原作者只有这么一本原稿，那我的罪孽可就大了。其次是要求写字的人多，求我的"墨宝"，有的是楼台名称，有的是展览会的会名，有的是书名，有的是题词，总之是花样很多。一提"墨宝"，我就汗颜。小时候确实练过字。但是，一入大学，就再没有练过书法；以后长期居住在国外，连笔墨都看不见，何来"墨宝"。现在，到了老年，忽然变成了"书法家"，竟还有人把我的"书法"拿到书展上去示众，我自己都觉得可

/ 糊涂一点　潇洒一点 /

笑！有比较老实的人，暗示给我：他们所求的不过"季羡林"三个字。这样一来，我的心反而平静了一点，下定决心：你不怕丑，我就敢写。其次是广播电台、电视台，还有一些什么台，以及一些报纸杂志编辑部的录像采访。这使我最感到麻烦。我也会说一些谎话的；但我的本性是有时嘴上没遮掩，有时说溜了嘴，在过去，你还能耍点无赖，硬不承认。今天他们人人手里都有录音机，"君子一言，驷马难追"，同他们订君子协定，答应删掉；但是，多数是原封不动，和盘端出，让你哭笑不得。上面的这一段诉苦已经够长的了，但是还远远不够，苦再诉下去，也了无意义，就此打住。

　　我虽然有这样多麻烦，但我并没有被麻烦压倒。我照常我行我素，做自己的工作。我一向关心国内外的学术动态。我不厌其烦地鼓励我的学生阅读国内外与自己研究工作有关的学术刊物。一般是浏览，重点必须细读。为学贵在创新。如果连国内外的新都不知道，你的新何从创起？我自己很难到大图书馆看杂志了。幸而承蒙许多学术刊物的主编不弃，定期寄赠，我才得以拜读，了解了不少当前学术研究的情况和结果，不致闭目塞听。我自己的研究工作仍然照常进行。遗憾的是，许多多年来就想研究的大题目，曾经积累过一些材料，现在拿起来一看，顿时想到自己的年龄，只能像玄奘当年那样，叹一口气说："自量气力，不复办此。"

对当前学术研究的情况，我也有自己的一套看法，仍然是顿悟式地得来的。我觉得，在过去，人文社会科学学者在进行科研工作时，最费时间的工作是搜集资料，往往穷年累月，还难以获得多大成果。现在电子计算机光盘一旦被发明，大部分古籍都已收入。不费吹灰之力，就能涸泽而渔。过去最繁重的工作成为最轻松的了。有人可能掉以轻心，我却有我的忧虑。将来的文章由于资料丰满可能越来越长，而疏漏则可能越来越多。光盘不可能把所有的文献都吸收进去，而且考古发掘还会不时有新的文献呈现出来。这些文献有时候比已有的文献还更重要，是万万不能忽视的。好多人都承认，现在学术界急功近利浮躁之风已经有所抬头，剽窃就是其中最显著的表现，这应该引起人们的戒心。我在这里抄一段朱子的话，献给大家。朱子说："圣贤言语，一步是一步。近来一种议论，只是跳踯。初则两三步作一步，甚则十数步作一步，又甚则千百步作一步。所以学之者皆癫狂。"（《朱子语类》第一百二十四卷）愿与大家共勉力戒之。

我现在想借这个机会廓清与我有关的上述几个问题。

学术良心或学术道德

"学术良心",好像以前还没有人用过这样一个词,我就算是"始作俑者"吧。但是,如果"良心"就是儒家孟子一派所讲的"人之初,性本善"中的"性"的话,我是不信这样的"良心"的。人和其他生物一样,其"性"就是"食、色,性也"的"性";其本质是一要生存,二要温饱,三要发展。人的一生就是同这种本能做斗争的一生。有的人胜利了,也就是说,既要自己活,也要让别人活,他就是一个合格的人。让别人活的程度越高,也就是为别人着想的程度越高,他的"好",或"善",也就越高。"宁要我负天下人,不要天下人负我",是地道的坏人;可惜的是,这样的人在古今中外并不少见。有人要问:"既然你不承认人性本善,你这种想法是从哪里来的呢?"对于这个问题,我还没有十分满意的解释。《三字经》上的两句话"性相近,习相远"中的"习"字似乎能回答这个问题。一个人过了幼稚阶段,有意识地或无意识地会感到,人类必须互相依存,才都能活下去。如果一个人只想到自己,或都是绝对地想到自己,那么,社会就难以存在,结果谁也活不下去。

这话说得太远了,还是回头来谈"学术良心"或者学术道德。学术涵盖面极广,文、理、工、农、医,都是学术。人类社会不能无学术;无学术,则人类社会就不能前进,人类福利就不能提高。每个人都是想日子越过越好的,学术的作用就在于能帮助人达到这个目的。大家常说,学术是老老实实的东西,不能掺半点假。通过个人努力或者集体努力,老老实实地做学问,得出的结果必须是实事求是的。这样做,就算是有学术良心。剽窃别人的成果,或者为了沽名钓誉创造新学说或新学派而篡改研究真相,伪造研究数据,这是地地道道的学术骗子。在国际上和我们国内,这样的骗子亦非少见。这样的骗局绝不会隐瞒很久的,总有一天真相会大白于天下的。许多国家都有这样的先例,真相一旦暴露,不齿于士林,因而自杀者也是有过的。这种学术骗子,自古已有,可怕的是于今为烈。我们学坛和文坛上的剽窃大案,时有所闻,我们千万要引为鉴戒。

/ 糊涂一点　潇洒一点 /

这样明目张胆的大骗当然是绝不允许的。还有些偷偷摸摸的小骗，也不能不引起我们的戒心。小骗局花样颇为繁多，举其荦荦大者，有以下诸种：在课堂上听老师讲课；在公开学术报告中听报告人讲演；平常阅读书刊时读到别人的见解，认为有用或有趣，于是就自己写成文章，不提老师的或者讲演者的以及作者的名字，仿佛他自己就是首创者，用以欺世盗名。这种例子也不是稀见的。还有有人在谈话中告诉了他一个观点，他也据为己有。这都是没有学术良心或者学术道德的行为。

我可以无愧于心地说，上面这些大骗或者小骗，我都从来没有干过，以后也永远不会干。

我在这里补充几点梁启超在他所著的《清代学术概论》中谈到的清代正统派学风的几个特色："隐匿证据或曲解证据，皆认为不德。""凡采用旧说，必明引之，剿说认为大不德。"这同我在上面谈的学术道德（梁启超的"德"）完全一致。可见清代学者对学术道德之重视程度。

此外，梁启超上书中还举了一点特色："孤证不为定说。其无反证者姑存之。得有续证，则渐信之。遇有力之反证则弃之。"可以补充在这里，也可以补充在上一节中。

关于《两个小孩子》的一点纠正

最近我写了一篇叙事散文《两个小孩子》,刊登在本年10月16日的本版上。其中我提到白居易三岁识"之""无"。蒙《海口晚报》的张竺夫先生来函指正,说在白居易的《与元九书》中说到自己在生后六七个月就能认识"之""无"两字。对张先生的厚爱,我十分感激。

《与元九书》这篇文章,我依稀读过,但印象不深。后来不知道在一本什么笔记里读到白居易三岁识"之""无"的说法,印象独深。现在才知道是错了,不然我哪会有发明"白居易识'之''无'"的天才呢?张先生提出纠正,对我来说是改正了错误,增加了见识;对读者来说是得到了正确的信息,有百利而无一害。

但是，我不想改变原文。古人说："君子之过也，如日月之蚀，人皆见之。"我不想偷偷摸摸地改得毫无错误的痕迹。我一向不悔少作，也不改我的文章。就在今年春夏之交，我写过一篇《站在胡适之先生墓前》的随笔，一开头，我的记忆就出了毛病，把事情记错了；但是，我仍然不改，只加上了一条"附记"，算是对读者负责。如果允许我援引一个先例的话，我就援引鲁迅先生的例子。在他的名著《阿Q正传》第一章序中，他写道：

"虽说英国正史上并无《博徒列传》，而文豪迭更司①也做过《博徒别传》这一部书。"

这一篇小说是1921年创作的，一直到1926年，五年以后了，鲁迅才在致韦素园的信中写道：

"《博徒别传》是Rodney Stone的译名，但是C.Dogle做的。《阿Q正传》中说是迭更司作，乃是我误记。"

可是，对这一篇流传世界，誉满士林的作品，鲁迅并没有加以修改。鲁迅的动机何在？我不敢妄加推测。我也并不是有

---

① 迭更司：现在通译为"狄更斯"，英国文豪，代表作《雾都孤儿》《双城记》等。

意效颦，我的想法已如上述，不再重复。我只是想，当年如果有博学如张先生者，则必不至错误拖了五年才得到改正。

张先生信中还有几句话："而两岁半能背几句唐诗，无论是从古还是至今，都是很寻常的事。"这几句话我是无法赞成的。我行年九十，走遍了大半个世界，一个从偏远乡村出生的、一个字也不识的、仅仅两岁半的孩子能背唐诗，我还是第一次遇到。张先生竟说是"很寻常的事"，难道我们经历的是两个世界吗？名门大家、书香门第或者可能有个别处，但是，我还没有见到过；我一辈子滥竽知识分子群中，也没有遇到过。因此，"秋红现象"，我认为还是值得重视的。我那一篇文章的最后一段，我不想改动。

1999 年 10 月 28 日

第 4 章

生活就是做简单的事

极其困难的环境中,
人生乐趣仍然是有的。
在任何情况下,
人生也绝不会只有痛苦。

晨趣

一抬头，眼前一片金光：朝阳正跳跃在书架顶上玻璃盒内日本玩偶藤娘身上，一身和服，花团锦簇，手里拿着淡紫色的藤萝花，都熠熠发光，而且闪烁不定。

我开始工作的时候，窗外暗夜正在向前走动。不知怎样一来，暗夜已逝，旭日东升。这阳光是从哪里流进来的呢？窗外一棵高大的梧桐树，枝叶繁茂，仿佛张开了一张绿色的网。再远一点，在湖边上是成排的垂柳。所有这一切都不利于阳光的穿透。然而阳光确实流进来了，就流在藤娘身上⋯⋯

然而，一转瞬间，阳光忽然又不见了，藤娘身上，一片阴影。窗外，在梧桐和垂柳的缝隙里，一块块蓝色的天空。成群的鸽子正盘旋飞翔在这样的天空里，黑影在蔚蓝上面画上了弧

第四章 \ 生活就是做简单的事 \

线。鸽影落在湖中,清晰可见,好像比天空里的更富有神韵,宛如镜花水月。

朝阳越升越高,透过浓密的枝叶,一直照到我的头上。我心中一动,阳光好像有了生命,它启迪着什么,它暗示着什么。我忽然想到印度大诗人泰戈尔,每天早上对着初升的太阳,静坐沉思,幻想与天地同体,与宇宙合一。我从来没达到这样的境界,我没有这一份福气。可是我也感到太阳的威力,心中思绪腾翻,仿佛也能洞察三界,透视万有了。

现在我正处在每天工作的第二阶段的开头上。紧张地工作了一个阶段以后,我现在想缓松一下,心里有了余裕,能够抬一抬头,向四周,特别是窗外观察一下。窗外风光如旧,但是四季不同:春花,秋月,夏雨,冬雪,情趣各异,动人则一。现在正是夏季,浓绿扑人眉宇,鸽影在天,湖光如镜。多少年来,当然都是这个样子。为什么过去我竟视而不见呢?今天,藤娘身上一点闪光,仿佛照透了我的心,让我抬起头来,以崭新的眼光,来衡量一切。眼前的东西既熟悉,又陌生,我仿佛搬到了一个新的地方,把我好奇的童心一下子都引逗起来了。我注视着藤娘,我的心却飞越茫茫大海,飞到了日本,怀念起赠送给我藤娘的室伏千津子夫人和室伏佑厚先生一家来。真挚

/ 糊涂一点　潇洒一点 /

的友情温暖着我的心……

窗外太阳升得更高了。梧桐树椭圆的叶子和垂柳的尖长的叶子，交织在一起，椭圆与细长相映成趣。最上一层阳光照在上面，一片嫩黄；下一层则处在背阴处，一片黑绿。远处的塔影，屹立不动。天空里的鸽影仍然在画着或长或短、或远或近的弧线。再把眼光收回来，则看到里面窗台上摆着的几盆君子兰，深绿肥大的叶子，给我心中增添了绿色的力量。

多么可爱的清晨，多么宁静的清晨！

此时我怡然自得，其乐陶陶。我真觉得，人生毕竟是非常可爱的，大地毕竟是非常可爱的。我有点不知老之已至了。我这个从来不写诗的人心中似乎也有了一点诗意。

此身合是诗人未？
鸽影湖光入目明。

我好像真正成一个诗人了。

1988 年 10 月 13 日晨

清塘荷韵

楼前有清塘数亩。记得三十多年前初搬来时,池塘里好像是有荷花的,我的记忆里还残留着一些绿叶红花的碎影。后来时移事迁,岁月流逝,池塘里却变得"半亩方塘一鉴开,天光云影共徘徊",再也不见什么荷花了。

我脑袋里保留的旧的思想意识颇多,每一次望到空荡荡的池塘,总觉得好像缺点什么。这不符合我的审美观念。有池塘就应当有点绿的东西,哪怕是芦苇呢,也比什么都没有强。最好的、最理想的当然是荷花。中国旧的诗文中,描写荷花的简直是太多太多了。周敦颐的《爱莲说》读书人不知道的恐怕是绝无仅有的。他那一句有名的"香远益清"是脍炙人口的。几乎可以说,中国没有人不爱荷花的。可我们楼前池塘中独独缺少荷花。每次看到或想到，总觉得是一块心病。

有人从湖北来，带来了洪湖的几颗莲子，外壳呈黑色，极硬。据说，如果埋在淤泥中，能够千年不烂。因此，我用铁锤在莲子上砸开了一条缝，让莲芽能够破壳而出，不至永远埋在泥中。这都是一些主观的愿望，莲芽能不能够出，都是极大的未知数。反正我总算是尽了人事，把五六颗敲破的莲子投入池塘中，下面就是听天命了。

这样一来，我每天就多了一件工作：到池塘边上去看上几次。心里总是希望，忽然有一天，"小荷才露尖尖角"，有翠绿的莲叶长出水面。可是，事与愿违，投下去的第一年，一直到秋凉落叶，水面上也没有出现什么东西。经过了寂寞的冬天，到了第二年，春水盈塘，绿柳垂丝，一片旖旎的风光。可是，我翘盼的水面上仍然没有露出什么荷叶。此时我已经完全灰了心，以为那几颗湖北带来的硬壳莲子，由于人力无法解释的原因，大概不会再有长出荷花的希望了。我的目光无法把荷叶从淤泥中吸出。

但是，到了第三年，忽然出了奇迹。有一天，我忽然发现，在我投莲子的地方长出了几个圆圆的绿叶，虽然颜色极惹人喜爱；但是细弱单薄，可怜兮兮地平卧在水面上，像水浮莲的叶子一样。而且最初只长出了五六个叶片。我总嫌这有点太少,总希望多长出几片来。于是,我盼星星,盼月亮,天天到池塘边上去观望。有校外的农民来捞水草,我总请求他们手下留情,不要碰断叶片。但是经过了漫漫的长夏,凄清的秋天又降临人间,池塘里浮动的仍然只是孤零零的那五六个叶片。对我来说,这又是一个虽微有希望但究竟仍是令人灰心的一年。

真正的奇迹出现在第四年上。严冬一过,池塘里又溢满了春水。到了一般荷花长叶的时候,在去年漂浮着五六个叶片的地方,一夜之间,突然长出了一大片绿叶,而且看来荷花在严冬的冰下并没有停止行动,因为在离开原有五六个叶片的那块基地比较远的池塘中心,也长出了叶片。叶片扩张的速度,扩张范围的扩大,都是惊人地快。几天之内,池塘内不小一部分,已经全为绿叶所覆盖。而且原来平卧在水面上的像是水浮莲一样的叶片,不知道是从哪里聚集来了力量,有一些竟然跃出了水面,长成了亭亭的荷叶。原来我心中还迟迟疑疑,怕池中长的是水浮莲,而不是真正的荷花。这样一来,我心中的疑云一扫而光:池塘中生长的真正是洪湖莲花的子孙了。我心中狂喜,这几年总算是没有白等。

天地萌生万物,对包括人在内的动植物等有生命的东西,总是赋予一种极其惊人的求生存的力量和极其惊人的扩展蔓延的力量，这种力量大到无法抗御。只要你肯费力来观摩一下，就必然会承认这一点。现在摆在我面前的就是我楼前池塘里的荷花。自从几个勇敢的叶片跃出水面以后，许多叶片接踵而至。一夜之间，就出来了几十枝，而且迅速地扩散、蔓延。不到十几天的工夫，荷叶已经蔓延得遮蔽了半个池塘。从我撒种的地方出发，向东西南北四面扩展。我无法知道，荷花是怎样在深水中淤泥里走动。反正从露出水面的荷叶来看，每天至少要走半尺的距离，才能形成眼前这个局面。

光长荷叶，当然是不能满足的。荷花接踵而至，而且据了解荷花的行家说，我门前池塘里的荷花，同燕园其他池塘里的，都不一样。其他地方的荷花，颜色浅红；而我这里的荷花，不但红色浓，而且花瓣多，每一朵花能开出十六个复瓣，看上去当然就与众不同了。这些红艳耀目的荷花，高高地凌驾于莲叶之上，迎风弄姿，似乎在睥睨一切。幼时读旧诗："毕竟西湖六月中，风光不与四时同。接天莲叶无穷碧，映日荷花别样红。"爱其诗句之美，深恨没有能亲自到杭州西湖去欣赏一番。现在我门前池塘中呈现的就是那一派西湖景象。是我把西湖从杭州搬到燕园里来了，岂不大快人意也哉！前几年才搬到朗润园来的周一良先生赐名为"季荷"。我觉得很有趣，又非常感激。难道我这个人将以荷而传吗？

前年和去年，每当夏月塘荷盛开时，我每天至少有几次徘徊在塘边，坐在石头上，静静地吸吮荷花和荷叶的清香。"蝉噪林愈静，鸟鸣山更幽"，我确实觉得四周静得很。我在一片寂静中，默默地坐在那里，水面上看到的是荷花绿肥、红肥。倒影映入水中，风乍起，一片莲瓣堕入水中，它从上面向下落，水中的倒影却是从下边向上落，最后一接触到水面，两者合而为一，像小船似的漂在那里。我曾在某一本诗话上读到两句诗："池花对影落，沙鸟带声飞。"作者深惜这二句对仗不工。这也难怪，像"池花对影落"这样的境界究竟有几个人能参悟透呢？

晚上，我们一家人也常常坐在塘边石头上纳凉。有一夜，天空中的月亮又明又亮，把一片银光洒在荷花上。我忽听扑通一声，是我的小白波斯猫毛毛扑入水中，它大概是认为水中有白玉盘，想扑上去抓住。它一入水，大概就觉得不对头，连忙矫捷地回到岸上，把月亮的倒影打得支离破碎，好久才恢复了原形。

今年夏天，天气异常闷热，而荷花则开得特欢。绿盖擎天,红花映日,把一个不算小的池塘塞得满而又满,几乎连水面都看不到了。一个喜爱荷花的邻居,天天兴致勃勃地数荷花的朵数。今天告诉我,有四五百朵;明天又告诉我,有六七百朵。但是,我虽然知道他为人细致,却不相信他真能数出确实的朵数。在荷花底下,石头缝里,旮旮旯旯,不知还隐藏着多少菁葵儿,都是在岸边难以看到的。粗略估计,今年大概开了将近一千朵。真可以算是洋洋大观了。

连日来,天气突然变寒,好像是一下子从夏天转入秋天。池塘里的荷叶虽然仍然是绿油一片,但是看来变成残荷之日也不会太远了。再过一两个月,池水一结冰,连残荷也将消逝得无影无踪。那时荷花大概会在冰下冬眠,做着春天的梦。它们的梦一定能够圆的。"既然冬天到了,春天还会远吗?"

我为我的"季荷"祝福。

1997年9月16日中秋节

乌鸦和鸽子

傍晚,我们来到了清凉宫。正当我全神贯注地欣赏绿玉似的草地和珊瑚似的小红花的时候,忽然听到天空里一阵哇哇的叫声。啊!是乌鸦。一片黑影遮蔽了半个天空。想不到暮鸦归巢的情景竟在这里看到了。

这使我立即想起了三十多年以前我第一次缅甸之行。我首先到了仰光,那种堆绿叠翠的热带风光牢牢地吸引住了我。但是,更吸引住了我、使我感到无限惊异的是那里的乌鸦之多。我敢说,在世界的任何地方都不会有这么多的乌鸦。据说,缅甸人虔信佛教,佛教禁止杀生到了可笑的地步。乌鸦就乘此机会大大地繁殖起来,其势猛烈,大有将三千大千世界都化为乌鸦王国的劲头。

/ 糊涂一点　潇洒一点 /

我曾在距离仰光不太远的伊洛瓦底江口看到我生平第一次见到的、最大的乌鸦群，恐怕有几万只。停泊在江边的大小船上的桅杆上、船舱上、船边上，到处都落满了乌鸦，漆黑一大片。在空中盘旋飞翔的，数目还要超过几倍。简直成了乌鸦的世界，乌鸦的天堂，乌鸦的乐园，乌鸦的这个，乌鸦的那个，我理屈词穷，我说不出究竟是乌鸦的什么了。

今天早晨，也就是到清凉宫去的第二天的早晨，我参观哈努曼多卡古王宫时，我又第二次看到了我生平见到的最大的乌鸦群之一，大概有上千只吧。它们忽然一下子从王宫高塔的背面飞了出来，呼哨一声，其势惊天动地，在王宫天井上盘旋了一阵，又呼哨一声，飞到不知道什么地方去了。

乌鸦在中国古代被认为是不吉祥的动物，名声不佳。人们听到它们的鸣声，往往起厌恶之感。可是这些年来，在北京，甚至在树木葱茏的燕园里面，除了麻雀以外，别的鸟很少见到了。连令人讨厌的乌鸦也逐渐变得不那么讨厌了。它们那种绝不能算是美妙的叫声，现在听起来大有日趋美妙之势了。

我在加德满都不但见到了乌鸦，而且也见到了鸽子。

鸽子在北京现在还是能够见到的，都是人家养的，从来没有听说过野鸽子。记得我去年春天到印度新德里去参加《罗摩衍那》的作者蚁垤国际诗歌节，住在一所所谓五星旅馆的第十九层楼上。有一天，我出去开会，忘记了关窗子。回来一开门，听到鸽子咕噜咕噜的叫声。原来有两位长着翅膀的不速之客，乘我不在的时候，到我房间里来了。两只鸽子就躲在我的沙发下面亲热起来，谈情说爱，卿卿我我，正搞得火热。看到我进来，它俩坦然无动于衷，丝毫没有想逃避的意思，也看不出一点内疚之意。倒是我对于这种"突然袭击"感到有点局促不安了。原来印度人决不伤害任何动物，鸽子们大概从它们的鼻祖起就对人不怀戒心，它们习惯于同人们和平共处了。反观我们自己的国家，情况有很大的不同。专就北京来说，鸟类的数目越来越少。每当我在燕园内绿树成荫的地方，或者在清香四溢的荷花池边，看到年轻人手持猎枪、横眉竖目，在寻觅枝头小鸟的时候，我简直内疚于心，说不出话来。难道在这些地方我们不应该向印度等国家学习吗？

我不是哲学家，也不喜欢，更不擅长去哲学地思考。但是古今中外都有不少的哲人，主张人与大自然应该浑然一体，人与鸟兽（有害于人类的适当除外）应该和睦相处，相向无猜，谁也离不开谁，谁都在大自然中有生存的权利。我是衷心地赞成这些主张的。即使到了人类大同的地步，除了人与人之间的关系应该同过去完全不同之外,人与大自然的关系,其中也包括人与鸟兽的关系,也应该大大地改进。我不相信任何宗教,我也不是素食主义者。人类赖以为生的动植物,非吃不行的,当然还要吃。只是那些不必要的、损动物而不利己的杀害行为,应该断然制止。写到这里,我忽然想到一件不大不小的事:过去有一段时间,竟然把种草养花视为修正主义。我百思不得其解。有这种主张的人有何理由?是何居心?真使我惊诧不已。世界一切美好的东西,不管是人类,还是鸟兽虫鱼,花草树木,我们都应该会欣赏,有权利去欣赏。我认为,这是天经地义的真理。难道在僵化死板的气氛中生活下去才算得上唯一正确吗?

写到这里,正是黎明时分。窗外加德满都的大雾又升起来了。从弥漫天地的一片白色浓雾的深处传来了咕咕的鸽子声,我的心情立刻为之一振,心旷神怡,好像饮了尼泊尔和印度神话中的甘露。

1986 年 11 月 26 日凌晨

山中逸趣

置身饥饿地狱中,上面又有建造地狱时还不可能有的飞机的轰炸,我的日子比地狱中的饿鬼还要苦上十倍。

然而,打一个比喻说,在英雄交响乐的激昂慷慨的乐声中,也不缺少像莫扎特的小夜曲似的情景。

哥廷根的山林就是小夜曲。

哥廷根的山不是怪石嶙峋的高山,这里土多于石;但是确又有山的气势。山顶上的俾斯麦塔高踞群山之巅,在云雾升腾时,在乱云中露出的塔顶,望之也颇有蓬莱仙山之概。

最引人入胜的不是山,而是林。这一片丛林究竟有多大,我住了十年也没能弄清楚,反正走几个小时也走不到尽头。林中主要是白杨和橡树,在中国常见的柳树、榆树、槐树等,似乎没有见过。更引人入胜的是林中的草地。德国冬天不冷，草几乎是全年碧绿。冬天雪很多，在白雪覆盖下，青草也没有睡觉，只要把上面的雪一扒拉，青翠欲滴的草立即显露出来。每到冬春之交时，有白色的小花，德国人管它叫"雪钟儿"，破雪而出，成为报春的象征。再过不久，春天就真的来到了大地上，林中到处开满了繁花，一片锦绣世界了。

到了夏天，雨季来临，哥廷根的雨非常多，从来没听说有什么旱情。本来已经碧绿的草和树木，现在被雨水一浇，更显得浓翠逼人。整个山林，连同其中的草地，都绿成一片，绿色仿佛塞满了寰中，涂满了天地，到处是绿，绿，绿，其他的颜色仿佛一下子都消逝了。雨中的山林，更别有一番风味。连绵不断的雨丝，同浓绿织在一起，形成一张神奇、迷茫的大网。我就常常孤身一人，不带什么伞，也不穿什么雨衣，在这一张覆盖天地的大网中，踽踽独行。除了周围的树木和脚底下的青草以外，仿佛什么东西都没有，我颇有佛祖释迦牟尼的感觉，"天上天下，唯我独尊"了。

一转入秋天，就到了哥廷根山林最美的季节。我曾在《忆章用》一文中描绘过哥城的秋色，受到了朋友的称赞，我索性抄在这里：

第四章 \ 生活就是做简单的事 \

哥廷根的秋天是美的，美到神秘的境地，令人说不出，也根本想不到去说。有谁见过未来派的画没有？这小城东面的一片山林在秋天就是一幅未来派的画。你抬眼就看到一片耀眼的绚烂。只说黄色，就数不清有多少等级，从淡黄一直到接近棕色的深黄，参差地抹在一片秋林的梢上，里面杂了冬青树的浓绿，这里那里还点缀上一星星鲜红，给这惨淡的秋色涂上一片凄艳。

我想，看到上面这一段描绘，哥城的秋山景色就历历如在目前了。

一到冬天，山林经常为大雪所覆盖。由于温度不低，所以覆盖不会太久就融化了；又由于经常下雪，所以总是有雪覆盖着。上面的山林，一部分依然是绿的；雪下面的小草也仍旧碧绿。上下都有生命在运行着。哥廷根城的生命活力似乎从来没有停息过，即使是在冬天，情况也依然如此。等到冬天一转入春天，生命活力没有什么覆盖了，于是就彰明昭著地腾跃于天地之间了。

哥廷根四时的情景就是这个样子。

从我来到哥城的第一天起,我就爱上了这山林。等到我堕入饥饿地狱,等到天上的飞机时时刻刻在散布死亡时,只要我一进入这山林,立刻在心中涌起一种安全感。山林确实不能把我的肚皮填饱,但是在饥饿时安全感又特别可贵。山林本身不懂什么饥饿,更用不着什么安全感。当全城人民饥肠辘辘,在英国飞机下心里忐忑不安的时候,山林却依旧郁郁葱葱,"依旧烟笼十里堤"。我真爱这样的山林,这里真成我的世外桃源了。

我不知道有多少次,一个人到山林里来;也不知道有多少次,同中国留学生或德国朋友一起到山林里来。在我记忆中最难忘记的一次畅游,是同张维和陆士嘉在一起的。这一天,我们的兴致都特别高。我们边走,边谈,边玩,真正是忘路之远近。我们走呀,走呀,已经走到了我们往常走到的最远的界限;但在不知不觉之间就走越了过去,仍然一往直前。越走林越深,根本不见任何游人。路上的青苔越来越厚,是人迹少到的地方。周围一片寂静,只有我们的谈笑声在林中回荡:悠扬,遥远。远处在林深处听到柏叶上有窸窣的声音,抬眼一看,是几只受了惊的梅花鹿,瞪大了两只眼睛,看了我们一会儿,立即一溜烟似的逃到林子的更深处去了。我们最后走

第四章 \ 生活就是做简单的事 \

到了一个悬崖上,下临深谷,深谷的那一边仍然是无边无际的树林。我们无法走下去,也不想走下去,这里就是我们的天涯海角了。回头走的路上,遇到了雨。躲在大树下,避了一会儿雨。然而雨越下越大,我们只好再往前跑。出我们意料之外,竟然找到了一座木头凉亭,真是避雨的好地方。里面已经先坐着一个德国人。打了一声招呼,我们也就坐下;同是深林躲雨人,相逢何必曾相识。我们没有通名报姓,就上天下地胡谈一通,宛如故友相逢了。

这一次畅游始终留在我的记忆里,至今难忘。山中逸趣,当然不止这一桩。大大小小、琐琐碎碎的事情,还可以写出一大堆来。我现在一律免掉。我写这些东西的目的,是想说明,就是在那种极其困难的环境中,人生乐趣仍然是有的。在任何情况下,人生也绝不会只有痛苦,这就是我悟出的禅机。

上海菜市场

上海尽管有看不够数不清的高楼大厦，跑不完走不尽的大街小巷，满目琳琅的玻璃橱窗，车水马龙的繁华闹市；但是，我们的许多外国朋友偏要去看一看早晨的菜市场。这是完全可以理解的。我们刚到上海的时候不是也想到菜市上去看一看吗？

那还是几年前的一个早晨，在太阳刚刚升起来的时候，踏着熹微的晨光，到一个离开旅馆不远的菜市场去。

到了邻近菜市场的地方，市场的气氛就逐渐浓了起来。熙熙攘攘的人群，摩肩擦背，来来往往。许多老大娘的菜篮子里装满了蔬菜海味鸡鸭鱼肉。有的篮子里活鱼在摇摆着尾巴，肥鸡在咯咯地叫着。老大娘带着一脸笑意，满怀愉快，走回

第四章 生活就是做简单的事

家去。

一走进菜市场，仿佛走进了另一个世界。这里面五光十色，令人眼花缭乱。但是，仔细一看，所有的东西又都摆得整整齐齐，有条不紊。菜摊子、肉摊子、鱼虾摊子、水果摊子，还有其他的许许多多的摊子，分门别类，秩序井然，又各有特点，互相辉映。你就看那蔬菜摊子吧。这里有各种不同的颜色：紫色的茄子、白色的萝卜、红色的西红柿、绿色的小白菜，纷然杂陈，交光互影。这里又有各种不同的线条：大冬瓜又圆又粗，豆荚又细又长，白菜的叶子又扁又宽。就这样，不同的颜色、不同的线条，紧密地摆在一起，于纷杂中见统一。我的眼一花，我觉得，眼前不是什么菜摊子，而是一幅出自名家手笔的彩色绚丽、线条鲜明的油画或水彩画。

不只菜摊子是这样，其他的摊子也莫不如此。卖鱼的摊子上，活鱼在水里游泳，十几斤重的大鲤鱼躺在案板上。卖鸡鸭的摊子上，鸡鸭在笼子里互相召唤。卖肉的摊子上，整片的猪肉、牛肉和羊肉挂在那里。在其他的摊子上，鸡蛋和鸭蛋堆得像小山，一个个闪着耀眼的白光。咸肉和板鸭成排挂在架子上，肥得仿佛就要滴下油来。水果摊子更是琳琅满目。肥大的水蜜桃、大个儿的西瓜、又黄又圆的香瓜、白嫩的鲜藕，摆在一起，竞妍斗艳。我眼前仿佛看到葳蕤的果子园、十里荷香的池塘、翠叶离离的瓜地。难道这不是一幅美妙无比的图画吗？

说是图画，这只是一时的幻象。说真的，任何图画也比不上这一些摊子。图画里面的东西是死的、不能动的。这里的东西却随时在流动。原来摆在架子上的东西，一转眼已经到了老大娘的菜篮子里。她们站在摊子前面，眯细了眼睛，左挑右拣，直到选中了自己想买的东西为止。至于价钱，她们是不发愁的，因为东西都不贵。结果是皆大欢喜，在一片闹闹嚷嚷的声中，大家都买到了中意的东西。她们原来的空篮子不久就满了起来。当她们转回家去的时候，她们手中的篮子也像是一幅幅美丽的图画了。

我们的外国朋友是住在旅馆里的，什么东西都不缺少。但是他们看到这些美丽诱人的东西，一方面啧啧称赞，一方面又跃跃欲试，也都想买点什么。有人买了几个大香瓜，有人买了几斤西红柿，还有人买了一些豆腐干。这样就会使本来已经很丰富的餐桌更加丰富多彩。我们的外国朋友也皆大欢喜了。

1963 年 9 月 27 日

黎明前的北京

前后加起来,我在北京已经住了四十多年,算是一个老北京了。北京的名胜古迹,北京的妙处,我应该说是了解的;其他老北京当然也了解。但是有一点,我相信绝大多数的老北京并不了解,这就是黎明时分以前的北京。

多少年来,我养成了一个习惯:每天早晨四点在黎明以前起床工作。我不出去跑步或散步,而是一下床就干活儿。因此我对黎明前的北京的了解是在屋子里感觉到的。我从前在什么报上读过一篇文章,讲黎明时分天安门广场上的清洁工人。那情景必然是非常动人的,可惜我从未能见到,只是心向往之而已。

四十年前,我住在城里在明朝曾经是特务机关的东厂里面。几座深深的大院子,在最里面三个院子里只住着我一个人。朋友们都说这地方阴森可怕,晚上很少有人敢来找我,我则怡然自得。每当夏夜,我起床以后,立刻就闻到院子里那些高大的马缨花树散发出来的阵阵幽香,这些香气破窗而入,我于此时神清气爽,乐不可支,连手中那一支笨拙的笔也仿佛生了花。

几年以后,我搬到西郊来住,照例四点起床,坐在窗前工作。白天透过窗子能够看到北京展览馆那金光闪闪的高塔的尖顶,此时当然看不到了。但是,我知道,即使我看不见它,它仍然在那里挺然耸入天空,仿佛想带给人以希望,以上进的劲头。我仍然是乐不可支,心也仿佛飞上了高空。

过了十年,我又搬了家。这新居既没有马缨花,也看不到金色的塔顶。但是门前有一片清碧的荷塘。刚搬来的几年,池塘里还有荷花。夏天早晨四点已经算是黎明时分。在薄暗中透过窗子可以看到接天莲叶,而荷花的香气也幽然袭来,我顾而乐之,大有超出马缨花和金色塔顶之上的意味了。

难道我欣赏黎明前的北京仅仅由于上述的原因吗?不是的。三十几年来,我成了一个"开会迷"。说老实话,积三十年之经验,我真有点怕开会了。在白天,一整天说不定什么时候就会接到开会的通知。说一句过火的话，我简直是提心吊胆，心里不得安宁。即使不开会，这种惴惴不安的心情总摆脱不掉。只有在黎明以前，根据我的经验，没有哪里会来找你开会的。因此，我起床往桌子旁边一坐，仿佛有什么近似条件反射的东西立刻就起了作用，我心里安安静静，一下子进入角色，拿起笔来，"文思"（如果也算是文思的话）如泉水喷涌，记忆力也像刚磨过的刀子，锐不可当。此时，我真是乐不可支，如果给我机会的话，我简直想手舞足蹈了。

因此，我爱北京，特别爱黎明前的北京。

1985 年 2 月 11 日

喜雨

我是农民的儿子。在过去,农民是靠天吃饭的,雨是绝对不能缺少的。因此,我从略识之无的时候起,就同雨结下了剪不断理还乱的深厚的感情。

今年,北京缺雨,华北也普遍缺雨,我心急如焚。我窗外自己种的那一棵玉兰花开花的时候,甚至于到大觉寺去欣赏那几棵声名传遍京华的二三百年的老玉兰树开花的时候,我的心情都有点矛盾。我实在喜欢眼前的繁花。大觉寺我来过几次,但是玉兰花开得像今天这样,还从来没有见过。借用张锲同志一句话:"一看到这开成一团的玉兰花,眼前立刻亮了起来。"好一个"亮"字,亏他说得出来。但是,我忽然想到,春天里的一些花最怕雨打。我爱花,又盼雨,两者是鱼与熊掌的关

第四章　生活就是做简单的事

系,不可得而兼也。我究竟何从呢,我之进退,实为狼狈。经过艰苦的"思想斗争",我毅然决然下了结论:我宁肯要雨。

在多日没有下过滴雨之后,我今天早晨刚在上面搭上铁板的阳台上坐定,头顶上铁板忽然清脆地响了一声:是雨滴的声音。我的精神一瞬间立即抖擞起来,"漫卷诗书喜欲狂",立即推开手边稿纸,静坐谛听起来。铁板上,从一滴雨声起,清脆的响声渐渐多了起来,后来混成一团,连"大珠小珠落玉盘"也无法描绘了。此时我心旷神怡,浮想联翩。

我抬头看窗外,首先看到的就是那一棵玉兰花树,此时繁花久落,绿叶满枝。我仿佛听到在雨滴敲击下左右翻动的叶子正在那里悄声互相交谈:"伙计们!尽量张开嘴巴吮吸这贵如油的春雨吧!"我甚至看到这些绿叶在雨中跳起了华尔兹舞,舞姿优美整齐。我头顶上铁板的敲击声仿佛在为它们的舞步伴奏。可惜我是一个舞盲,否则我也会破窗而出,同这些可爱的玉兰树叶共同翩跹起舞。

眼光再往前挪动一下,就看到了那一片荷塘。此时冬天的坚冰虽然久已融化,垂柳鹅黄,碧水满塘,连"小荷才露尖尖角"的时候还没有到。但是,我仿佛有了"天眼通",看到水面下淤泥中嫩莲已经长出了小芽。这些小芽眼前还浸在水中。但是，它们也感觉到了上面水面上正在落着雨滴，打在水面上，形成了一个个的小而圆的漩涡。如果有摄影家把这些小漩涡摄下，这也不失为宇宙中的一种美，值得美学家们用一些只有他们才能懂的恍兮惚兮的名词来探讨甚至争论一番的。小荷花水底下的嫩芽我相信是不懂美学的，但是，它们懂得要生存，要成长。水面上雨滴一敲成小漩涡，它们立即感觉到了，它们也精神抖擞起来，互相鼓励督促起来："伙伴们！拿出自己的劲头来，快快长呀！长呀！赶快长出水面，用我们自己的嘴吮吸雨滴。我们去年开花一千多朵，引起了燕园内外一片普遍热烈的赞扬声。今年我们也学一下时髦的说法，来它一个可持续发展，开上它两三千朵，给燕园内外的人士一个更大的惊异！"和着头顶上的敲击声，小荷的声音仿佛清晰可闻，给我喜雨的心情增添了新鲜的活力。

我浮想联翩，幻想一下飞出了燕园，飞到了我的故乡，我的故乡现在也是缺雨的地方。一年前，我曾回过一次故乡，给母亲扫墓。我六岁离开母亲，一别就是八年。母亲倚闾之情我是能够理解一点的，但是我幻想，在我大学毕业以后，经济能独立了，然后迎养母亲。然而正如古人所说的："树欲静而风不止，子欲养而亲不待。"大学二年级时，母亲永远离开了我，

第四章 \ 生活就是做简单的事 \

只留得面影迷离,入梦难辨,风木之悲伴随了我一生。我漫游世界,母亲迷离的面影始终没有离开过我。我今天已至望九之年,依然常梦见母亲,痛哭醒来,泪湿枕巾。

我离家的时候,家里已经穷得揭不开锅。但不知为什么,母亲偏有二三分田地。庄稼当然种不上,只能种点绿豆之类的东西。我三四岁的时候,曾跟母亲去摘过豆角。不管怎样,总是有了点土地。有了土地就同雨结了缘,每到天旱,我也学大人的样子,盼望下雨,翘首望天空的云霓。去年和今年,偏又天旱。在扫墓之后,在泪眼迷离中,我抬头瞥见坟头几棵干瘪枯黄的杂草,在风中摆动。我蓦地想到躺在下面的母亲,她如有灵,难道不会为她生前的那二三分地担忧吗?我痛哭欲绝,很想追母亲于地下。现在又凭空使我忧心忡忡。我真想学习一下宋代大诗人陆游:"绿章夜奏通明殿,乞借春阴护海棠。"我是乞借春雨护禾苗。

幻想一旦插上了翅膀,就绝不会停止飞翔。我的幻想,从燕园飞到了故乡,又从故乡飞越了千山万水,飞到了非洲。我曾到过非洲许多国家,我爱那里的人民,我爱那里的动物和植物。我从电视中看到,非洲的广大地区也在大旱,土地龟裂,寸草不生。狮子、老虎、大象、斑马等一大群野兽,在干旱的大地上，到处奔走，寻找一点水喝，一丛草吃，但都枉然，它们什么也找不到，有的就倒毙在地上。看到这情景，我心里急得冒烟，却束手无策。中国的天老爷姓张，非洲的天老爷却不知姓甚名谁，他大概也不住在什么通明殿上。即使我写了绿章，也不知向哪里投递。我苦思苦想，只有再来一次"绿章夜奏通明殿"，请我们的天老爷把现在下着的春雨，分出一部分，带着全体中国人民的深情厚谊，分到非洲去降，救活那里的人民、禽、兽，还有植物，使普天之下共此甘霖。

我的幻想终于又收了回来，我兀坐在阳台上，谛听着头顶上的铁板被春雨敲得叮当作响，宛如天上宫阙的乐声。

1998年4月23日

两个小孩子

我喜欢小孩,但我不说那一句美丽到俗不可耐程度的话:小孩子是祖国的花朵。我喜欢就是喜欢,我曾写过《三个小女孩》,现在又写《两个小孩子》。

两个小孩子都姓杨,是叔伯姐弟。姐姐叫秋菊,六岁;弟弟叫秋红,两岁。他们的祖母带着秋菊的父母,从河北某县的一个农村,到北大来打工,当家庭助理,扫马路,清除垃圾。垃圾和马路都清除得一干二净,受到这一带居民的赞扬。

去年秋天的一天,我同我们的保姆小张出门散步,门口停着一辆清扫垃圾的车,一个小女孩在车架和车把上盘旋攀登,片刻不停。她那一双黑亮的吊角眼,透露着动人的灵气。我们都觉得这小孩异常可爱,便搭讪着同她说话。她毫不腼腆,边攀登，边同我们说话，有问必答。我们回家拿月饼给她吃，她的手接了过去，咬了一口，便不再吃，似乎不太合口味。旁边一个青年男子，用簸箕把树叶和垃圾装入拖车的木箱里，看样子就是小女孩的父亲了。

从此我们似乎就成了朋友。

我们天天出去散步，十有八次碰上这个小女孩，我们问她叫什么名，她说"叫秋菊"。有时候秋菊见我们走来，从老远处就飞跑过来，欢迎我们。她总爱围着小张绕圈子转，我们问她为什么，她只嘿嘿地笑，什么话也不说，仍然围着小张绕圈子不停，两只吊角眼明亮闪光，满脸顽皮的神气。

秋菊对她家里人的工作情况和所得的工资了如指掌。她说，爸爸在勺园值夜班，冬天烧锅炉，白天到朗润园来清掏垃圾，用板车运送，倒入垃圾桶中。奶奶服侍一个退休教师，做饭，洗衣服，打扫卫生。妈妈在一家当保姆，顺便扫扫马路。这些事大概都是大人闲聊时说出来的，她从旁边听到，记在心中。她同奶奶住在一间屋里，早餐吃方便面，还有包子什么的。奶奶照顾她显然很好，她那红润丰满的双颊就足以证明。秋菊是一个幸福的孩子。

我们出来散步，也有偶尔碰不到秋菊的时候，此时我们真有点惘然若有所失。有时候,我们走到她奶奶住房的窗外,喊着秋菊的名字。在我们不注意间,她像一只小鹿连蹦带跳地从屋里跑了出来,又围着小张绕开了圈子,两只吊角眼明亮闪光,满脸顽皮的神气。

有一天,我们问秋菊愿意吃什么东西。她说,她最喜欢吃带木棍的糖球。我们问:

"把你卖了行不行?"

"行!卖了我吃糖球。"

"把你爸爸卖了行不行?"

"行!卖了爸爸吃饼干。"

"把你妈卖了行不行?"

"行!卖了俺妈吃香蕉。"

"把你奶奶卖了行不行?"

我们正恭候她说卖了奶奶吃什么哩,她却说:

"奶奶没有人要!"

我们先是一惊,后来便放声大笑。秋菊也嘿嘿地笑个不停,她显然是了解这一句话的含义的。两只吊角大眼更明亮闪光,满脸顽皮的神气。

今年春天,一连几天没有能碰到秋菊。我感到事情有点蹊跷，问她奶奶，才知道，秋菊已经被送回原籍去上小学了。我同小张有什么办法呢？我们都颇有点黯然神伤的滋味。从今以后，再不会有一个活蹦乱跳的小女孩绕着小张转圈了。

过了不久，我同小张又在秋菊奶奶主人的门前碰到这一位老妇人。她主人的轮椅的轱辘撒了气，我们帮她把气儿打上。旁边站着一个极小的男孩，一问才知道他叫秋红，两岁半，是秋菊的堂弟。小孩长的不是吊角眼，而是平平常常的眼睛，可也是灵动明亮，黑眼球仿佛特别大而黑，全身透着一股灵气。小孩也一点不腼腆，我们同他说话，他高声说："爷爷好！阿姨好！"原来是秋菊走了以后，奶奶把他接来做伴的。

从此我们又有了一个小伙伴。

但是，秋红毕竟太小了，不能像秋菊那样走很远的路。可是，不管他同什么小孩玩，一见到我们，从老远就高呼："爷爷好！阿姨好！"铜铃般的童声带给我们极大的愉快。

有一天，我同小张散步倦了，坐在秋红奶奶屋旁的长椅子上休息。此时水波不兴，湖光潋滟；杨柳垂丝，绿荷滴翠。我们顾而乐之，仿佛羽化登仙，遗世独立了。冷不防，小秋红从后面跑了过来，想跟我们玩。我们逗他跳舞，他真的把小腿一蹬，小胳膊一举，蹦跳起来。在舞蹈家眼中，这可能是非常幼

第四章 \ 生活就是做简单的事 \

稚可笑的，可是那一种天真无邪的模样，世界上哪一个舞蹈家能够有呢？我们又逗他唱歌，他毫不推辞，张开小嘴，边舞蹈，边哼唧起来。最初我们听不清他唱的是什么，经过几次重复，我才听出来，他唱的竟是李白的"床前明月光，疑是地上霜。举头望明月，低头思故乡"。我不禁大为惊叹，一个仅仅两岁半的乡村儿童竟能歌唱唐代大诗人李白的名篇，这情况谁能想象得到呢？

又有一天，我同小张出去散步，坐在平常坐的椅子上，小秋红又找了我们来，我们又让他唱歌跳舞。他恭恭敬敬地站在我们面前，先鞠了一大躬，然后又唱又舞，有时候竟用脚尖着地，做芭蕾舞状。舞蹈完毕，高声说："大家好！"仪式完毕。这一套仪式，我猜想，是他在家乡看歌舞演出时观察到的，那时他恐怕还不到两岁，至多两岁出头。又有一次，我们坐在椅子上，小秋红又跑过来了，嘴里喊着："爷爷好！阿姨好！"小张教他背诵：

锄禾日当午，
汗滴禾下土。
谁知盘中餐，

/ 糊涂一点　潇洒一点 /

　　粒粒皆辛苦。

　　小张只念了一遍，秋红就能够背诵出来。这真让我大大地吃了一惊。古人说"过目成诵"，眼前这个两岁半的孩子是"过耳成诵"。一个仅仅两岁半的乡村儿童能达到这个水平，谁能不吃惊呢？相传唐代大诗人白居易三岁识"之""无"，千古传为美谈。如今这个仅仅两岁半的孩子在哪一方面比白居易逊色呢？

　　中国是世界上的诗词大国，篇章之多，质量之高，宇内实罕有其俦。我国一向有利用诗词陶冶性灵，提高人品的传统，用今天的话来说就是提高人文素质。然而，由于种种原因，近半个世纪以来，此道不畅久矣。最近国家领导人以及有识之士，大力提倡背诵诗词以提高审美能力，加强人文素质，达到让青年和国民能够完美全面地发展的目的，这会大大有利于祖国的建设事业。我原以为这是一件比较困难、需要长期努力的工作，我哪里会想到于无意间竟在一个才两岁半的农村小孩子身上看到了曙光，看到了光辉灿烂的未来，我不禁狂喜，真要手之舞之足之蹈之了。

　　秋红到了21世纪不过才到三岁，21世纪是他们的世纪。如果全国农村和城市的小孩子都能像秋红这样从小就享有提高人文素质教育的机会，我们祖国的前途真可以预卜了。我希望新闻界的朋友们能闻风而动，到秋红出生的农村里去采访一次。我相信，他们绝不会空手而归的。

现在，不像秋菊那样杳如黄鹤，秋红还在我的眼前。我每天半小时的散步就成了一天最幸福的时刻，特别是在碰到秋红的时候。

1999年7月27日
原载于1999年10月16日《人民日报》

第 5 章

人间自有真情在

世界上无论什么名誉,什么地位,
什么幸福,什么尊荣,
都比不上待在母亲身边,
即使她一个字也不识。

月是故乡明

每个人都有个故乡,人人的故乡都有个月亮。人人都爱自己故乡的月亮。事情大概就是这个样子。

但是,如果只有孤零零一个月亮,未免显得有点孤单。因此,在中国古代诗文中,月亮总有什么东西当陪衬,最多的是山和水,什么"山高月小""三潭印月"等,不可胜数。

我的故乡是在山东西北部大平原上。我小的时候,从来没有见过山,也不知山为何物,我曾幻想,山大概是一个圆而粗的柱子吧,顶天立地,好不威风。以后到了济南,才见到山,恍然大悟:山原来是这个样子呀。因此,我在故乡里望月,从来不同山联系。像苏东坡说的"月出于东山之上,徘徊于斗牛之间",完全是我无法想象的。

第五章 \ 人间自有真情在 \

至于水,我的故乡小村却大大地有。几个大苇坑占了小村面积一多半。在我这个小孩子眼中,虽不能像洞庭湖"八月湖水平"那样有气派,但也颇有一点烟波浩渺之势。到了夏天,黄昏以后,我在坑边的场院里躺在地上,数天上的星星。有时候在古柳下面点起篝火,然后上树一摇,成群的知了飞落下来。比白天用嚼烂的麦粒去粘要容易得多。我天天晚上乐此不疲,天天盼望黄昏早早来临。

到了更晚的时候,我走到坑边,抬头看到晴空一轮明月,清光四溢,与水里的那个月亮相映成趣。我当时虽然还不懂什么叫诗兴,但也顾而乐之,心中油然有什么东西在萌动。有时候在坑边玩很久,才回家睡觉。在梦中见到两个月亮叠在一起,清光更加晶莹澄澈。第二天一早起来,到坑边苇子丛里去捡鸭子下的蛋,白白地一闪光,手伸向水中,一摸就是一个蛋。此时更是乐不可支了。

我只在故乡待了六年,以后就离乡背井,漂泊天涯。在济南住了十多年,在北京度过四年,又回到济南待了一年。然后在欧洲住了近十一年,重又回到北京,到现在已经四十多年了。在这期间,我曾到过世界上将近三十个国家。我看过许许多多的月亮。在风光旖旎的瑞士莱芒湖上，在平沙无垠的非洲大沙漠中，在碧波万顷的大海中，在巍峨雄奇的高山上，我都看到过月亮，这些月亮应该说都是美妙绝伦的，我都异常喜欢。但是，看到它们，我立刻就想到我故乡中那个苇坑上面和水中的那个小月亮。对比之下，无论如何我也感到，这些广阔世界的大月亮，万万比不上我那心爱的小月亮。不管我离开我的故乡多少万里，我的心立刻就飞来了。我的小月亮，我永远忘不掉你！

我现在已经年近耄耋。住的朗润园是燕园胜地。夸大一点说，此地有茂林修竹，绿水环流，还有几座土山，点缀其间。风光无疑是绝妙的。前几年，我从庐山休养回来，一个同在庐山休养的老朋友来看我。他看到这样的风光，慨然说："你住在这样的好地方，还到庐山去干吗呢！"可见朗润园给人印象之深。此地既然有山，有水，有树，有竹，有花，有鸟，每逢望夜，一轮当空，月光闪耀于碧波之上，上下空蒙，一碧数顷，而且荷香远溢，宿鸟幽鸣，真不能不说是赏月胜地。荷塘月色的奇景，就在我的窗外。不管是谁来到这里，难道还能不顾而乐之吗？

然而，每值这样的良辰美景，我想到的却仍然是故乡苇坑里的那个平凡的小月亮。见月思乡，已经成为我经常的经历。思乡之病，说不上是苦是乐，其中有追忆，有惆怅，有留恋，有惋惜。流光如逝，时不再来。在微苦中实有甜美在。

　　月是故乡明。我什么时候能够再看到我故乡里的月亮呀！我怅望南天，心飞向故里。

1989 年 11 月 3 日

人间自有真情在

前不久,我写了一篇短文《园花寂寞红》,讲的是楼右前方住着的一对老夫妇,男的是中国人,女的是德国人。他们在德国结婚后,移居中国,到现在已将近半个世纪了。哪里想到,一夜之间,男的突然死去。他天天侍弄的小花园,失去了主人。几朵仅存的月季花,在秋风中颤抖,挣扎,苟延残喘,浑身凄凉、寂寞。

我每天走过那个小花园,也感到凄凉、寂寞。我心里总在想:到了明年春天,小花园将日益颓败,月季花不会再开。连那些在北京只有梅兰芳家才有的大朵的牵牛花,在这里也将永远永远地消逝了。我的心情很沉重。

昨天中午,我又走过这个小花园,看到那位接近米寿的德国

第五章 \ 人间自有真情在 \

老太太在篱笆旁忙活着。我走近一看,她正在采集大牵牛花的种子。这可真是件新鲜事儿。我在这里住了三十年,从来没有见到她侍弄过花。我曾满腹疑团:德国人一般都是爱花的,这老太太真有点特别。可今天她为什么也忙着采集牵牛花的种子呢?她老态龙钟,罗锅着腰,穿一身黑衣裳,瘦得像一只螳螂。虽然采集花种不是累活,她干起来也是够呛的。我问她,采集这个干什么?她的回答极简单:"我的丈夫死了,但是他爱的牵牛花不能死!"

我心里一亮,一下子顿悟出来了一个道理。她男人死了,一儿一女都在德国。老太太在中国可以说是举目无亲。虽然说是入了中国籍,但是在中国将近半个世纪,中国话说不了十句,中国饭吃不惯。她好像是中国社会水面上的一滴油,与整个社会格格不入,平常只同几个外国人和中国留德学生来往,显得很孤单。我常开玩笑说:"她是组织上入了籍,思想上并没有入。"到了此时,老头已去,儿女在外,返回德国,正其时矣。然而她却偏偏不走。道理何在呢?我百思不得其解。现在,一个非常偶然的机会让我看到她采集大牵牛花的种子。我一下子明白了:这一切都是为了死去的丈夫。

丈夫虽然走了,但是小花园还在,十分简陋的小房子还在。这小花园和小房子拴住了她那古老的回忆,长达半个世纪的甜蜜的回忆。这是他俩共同生活过的地方。为了忠诚于对丈夫的回忆,她不肯离开,不忍离开。我能够想象,她在夜深人静时,独对孤灯。窗外小竹林的窸窣声,穿窗而入。屋后土山上草丛中秋虫哀鸣。此外就是一片寂静。丈夫在时,她知道对面小屋里还睡着一个亲人,使自己不会感到孤独。然而现在呢,那个人突然离开自己,走了,永远永远地走了。茫茫天地,好像只剩下自己孤零一人。人生至此,将何以堪!设身处地,如果我处在她的位置上,我一定会马上离开这里,回到自己的祖国,同儿女在一起,度过余年。

然而,这一位瘦得像螳螂似的老太太却偏偏不走,偏偏死守空房,死守这一个小花园。我知道:这一切都是为了死去的丈夫。

这一位看似柔弱实极坚强的老太太,已经走到了人生的尽头。这一点恐怕她比谁都明白。然而她并未绝望,并未消沉。她还是浑身洋溢着生命力,在心中对未来还充满了希望。她还想到明年春天,她还想到牵牛花,她眼前一定不时闪过春天小花园杂花竞芳的景象。谁看到这种情况会不受到感动呢?我想,牵牛花而有知,到了明年春天,虽然男主人已经不在了,但它一定会精神抖擞,花朵一定会开得更大,更大,颜色一定会更鲜,更艳。

1992 年 9 月 20 日

我的老师董秋芳先生

难道人到了晚年就只剩下回忆了吗？我不甘心承认这个事实，但又不能不承认。我现在就是回忆多于前瞻。过去六七十年不大容易想到的师友，现在却频来入梦。

其中我想得最多的是董秋芳先生。

董先生是我在济南高中时的语文教员，笔名冬芬。胡也频先生被国民党通缉后离开了高中，再上语文课时，来了一位陌生的教员，个子不高，相貌也没有什么惊人之处，一只手还似乎有点毛病，说话绍兴口音颇重，不很容易懂。但是，他的笔名我们是熟悉的。他翻译过一本苏联小说《争自由的波浪》，鲁迅先生作序；他写给鲁迅先生的一封长信，我们在报刊上读过，现在收在《鲁迅全集》中。因此，面孔虽然陌生，但神交已很久。这样一来，大家处得很好，也自是意中事了。

在课堂上，他同胡先生完全不同。他不讲什么"现代文艺"，也不宣传革命，只是老老实实地讲书，认真小心地改学生的作文。他也讲文艺理论，却不是弗里茨，而是日本厨川白村的《苦闷的象征》《出了象牙之塔》，都是鲁迅先生翻译的。他出作文题目很特别，往往只在黑板上大书"随便写来"四个字，意思自然是，我们愿意写什么，就写什么；愿意怎样写，就怎样写，丝毫不受约束，有绝对的写作自由。

我就利用这个自由写了一些自己愿意写的东西。我从小学经过初中到高中前半，写的都是文言文；现在一旦改变，并没有感到有什么不适应。原因是我看了大量的白话旧小说，对"五四"以来的新文学作品，鲁迅、胡适、周作人、郭沫若、郁达夫、茅盾、巴金等人的小说和散文几乎读遍了，自己动手写白话文，颇为得心应手，仿佛从来就写白话文似的。

在阅读的过程中，潜移默化，在无意识中形成了自己对写文章的一套看法。这套看法的最初根源似乎是来自旧文学，从庄子、孟子、《史记》，中间经过唐宋八大家，一直到明末的公安派和竟陵派、清代的桐城派，都给了我不同程度、不同方式的灵感。这些大家时代不同，风格迥异；但是有不少共同之处。根据我的归纳，可以归为三点：第一，感情必须充沛真挚；第二，遣词造句必须简练、优美、生动；第三，整篇布局必须紧凑、浑成。三者缺一，就不是一篇好文章。文章的开头与结尾，更是至关重要。后来读了一些英国名家的散文，我也发现了同样的规律。我有时甚至想到，写文章应当像谱乐曲一样，有一个主旋律，辅之以一些小的旋律，前后照应，左右辅助，要在纷纭变化中有统一，在统一中有错综复杂，关键在于有节奏。总之，写文章必须惨淡经营。自古以来，确有一些文章如行云流水，仿佛是信手拈来，毫无斧凿痕迹。但是那是长期惨淡经营终入化境的结果。如果一开始就行云流水，必然走入魔道。

我这些想法形成于不知不觉之中，自己并没有清醒的意识。它也流露于不知不觉之中，自己也没有清醒的意识。有一次，在董先生的作文课堂上，我在"随便写来"的启迪下，写了一篇记述我回故乡奔母丧的悲痛心情的作文。感情真挚，自不待言。在谋篇布局方面却没有意识到有什么特殊之处。作文本发下来了，却使我大吃一惊。董先生在作文本每一页上面的空白处都写了一些批注，不少地方有这样的话："一处节奏""又一处节奏"等。我真是如拨云雾见青天："这真是我写的作文吗？"这真是我的作文，不容否认。"我为什么没有感到有什么节奏呢？"这也是事实，不容否认。我的苦心孤诣连自己也没有意识到的，却为董先生和盘托出。知己之感，油然而生。这决定了我一生的活动。从那以后，六十年来，我从事研究的是一些稀奇古怪的东西，与文章写作风马牛不相及。但是感情一受到剧烈的震动，所谓"心血来潮"，则立即拿起笔来，写点什么。至今已到垂暮之年，仍然是积习难除，锲而不舍。这同董先生的影响是绝对分不开的。我对董先生的知己之感，将伴我终生了。

高中毕业以后，到北京来念了四年大学，又回到母校济南高中教了一年语文，然后在欧洲待了将近十一年，1946年才回到祖国。在这长达二十多年的时间内，我一直没有同董秋芳老师通过信，也完全不知道他的情况。20世纪50年代初，在民盟的一次会上，完全出我意料之外，我竟见到了董先生，看那样子，他已垂垂老矣。我激动得说不出话来，他也非常激动。但是我平生有一个弱点：不善于表露自己的感情。董先生看来也是如此。我们每个人心里都揣着一把火，表面上却颇淡漠，大有君子之交淡如水之慨了。

我生平还有一个弱点，我曾多次提到过，这就是，我不喜欢拜访人。这两个弱点加在一起，就产生了致命的后果：我同我平生感激最深、敬意最大的老师的关系，看上去有点若即若离了。

第五章 人间自有真情在

不记得是什么时候了,董先生退休了,离开北京回到了老家绍兴。这时候我正泥菩萨过江,自身难保。自顾不暇,没有余裕来想到董先生了。

又过一些时候,听说董先生已经作古,乍听之下,心里震动得非常剧烈。一霎时,心中几十年的回忆、内疚、苦痛,蓦地抖动起来。我深自怨艾,痛悔无已。然而已经发生过的事情是无法挽回的。看来我只能抱恨终天了。

我虽然研究佛教,但是从来不相信什么生死轮回,再世转生。可是我现在真想相信一下。我自己屈指计算了一下,我这一辈子基本上是一个善人,坏事干过一点,但并不影响我的功德。下一生,我不敢,也不愿奢望转生为天老爷,但我定能托生为人,不致走入畜生道。董先生当然能转生为人,这不在话下。等我们两个隔世相遇的时候,我相信,我的两个弱点经过地狱的磨炼已经克服得相当彻底,我一定能向他表露我的感情,一定常去拜访他,做一个程门立雪的好弟子。

然而,这一些都是可能的吗?这不是幻想又是什么呢?"他生未卜此生休。"我怅望青天,眼睛里溢满了泪水。

1990 年 3 月 24 日

重返哥廷根

我真是万万没有想到,经过了三十五年的漫长岁月,我又回到这个离开祖国几万里的小城里来了。

我坐在从汉堡到哥廷根的火车上,我简直不敢相信这是事实。难道是一个梦吗?我频频问着自己。这当然是非常可笑的,这毕竟就是事实。我脑海里印象历乱,面影纷呈。过去三十多年来没有想到的人,想到了;过去三十多年来没有想到的事,想到了。我那一些尊敬的老师,他们的笑容又呈现在我眼前。我那像母亲一般的女房东,她那慈祥的面容也呈现在我眼前。那个宛宛婴婴的女孩子伊尔穆嘉德,也在我眼前活动起来。那窄窄的街道、街道两旁的铺子、城东小山的密林、密林深处的小咖啡馆、黄叶丛中的小鹿,甚至冬末春初时分从白雪中钻出来的白色小花雪钟,还有很多别的东西,都一齐争先恐后地呈现到我眼前来。一霎时,影像纷乱,我心里也像开了锅似的激烈地动荡起来了。

火车一停,我飞也似的跳了下去,踏上了哥廷根的土地。忽然有一首诗涌现出来:

> 少小离家老大回,
> 乡音无改鬓毛衰。
> 儿童相看不相识,
> 笑问客从何处来。

怎么会涌现这样一首诗呢?我一时有点茫然、懵然。但又立刻意识到,这一座只有十来万人的异域小城,在我的心灵深处,早已成为我的第二故乡。我曾在这里度过整整十年,是风华正茂的十年。我的足迹印遍了全城的每一寸土地。我曾在这里快乐过,苦恼过,追求过,幻灭过,动摇过,坚持过。这一座小城实际上决定了我一生要走的道路。这一切都不可避免地要在我的心灵上打上永不磨灭的烙印。我在下意识中把它看作第二故乡,不是非常自然的吗?

/ 糊涂一点　潇洒一点 /

我今天重返第二故乡，心里面思绪万端；酸甜苦辣，一齐涌上心头。感情上有一种莫名其妙的重压，压得我喘不过气来，似欣慰，似惆怅，似追悔，似向往。小城几乎没有变。市政厅前广场上矗立的有名的抱鹅女郎的铜像，同三十五年前一模一样。一群鸽子仍然像从前一样在铜像周围徘徊，悠然自得。说不定什么时候一声呼哨，飞上了后面大礼拜堂的尖顶。我仿佛昨天才离开这里，今天又回来了。我们走下地下室，到地下餐厅去吃饭。里面陈设如旧，座位如旧，灯光如旧，气氛如旧。连那年轻的服务员也仿佛是当年的那一位。我仿佛昨天晚上才在这里吃过饭。广场周围的大小铺子都没有变。那几家著名的餐馆，什么"黑熊""少爷餐厅"等，都还在原地。那两家书店也都还在原地。总之，我看到的一切都同原来一模一样。我真的离开这座小城已经三十五年了吗？

但是，正如中国古人所说的，江山如旧，人物全非。环境没有改变，然而人物已经大大地改变了。我在火车上回忆到的那一些人，有的如果还活着的话年龄已经过了一百岁。这些人的生死存亡就用不着去问了。那些计算起来还没有这样老的人，我也不敢贸然去问，怕从被问者的嘴里听到我不愿意听的消息。我只绕着弯子问上那么一两句，得到的回答往往不得要

第五章 人间自有真情在

领，模糊得很。这不能怪别人，因为我的问题就模糊不清。我现在非常欣赏这种模糊，模糊中包含着希望。可惜就连这种模糊也不能完全遮盖住事实。结果是：

访旧半为鬼，

惊呼热中肠。

我只能在内心里用无声的声音来惊呼了。

在惊呼之余，我仍然坚持怀着沉重的心情去访旧。首先我要去看一看我住过整整十年的房子。我知道，我那母亲般的女房东欧朴尔太太早已离开了人世。但是房子还存在。那一条整洁的街道依旧整洁如新。从前我经常看到一些老太太用肥皂来洗刷人行道，现在这人行道仍然像是刚才洗刷过似的，躺下去打一个滚，绝不会沾上一点尘土。街拐角处那一家食品商店仍然开着，明亮的大玻璃窗子里面陈列着五光十色的食品。主人却不知道已经换了第几代。我走到我住过的房子外面，抬头向上看，看到三楼我那一间房子的窗户，仍然同以前一样摆满了红红绿绿的花草，当然不是出自欧朴尔太太之手。我蓦地一阵恍惚，仿佛我昨晚才离开，今天又回家来了。我推开大门，大步流星地跑上三楼。我没有用钥匙去开门,因为我意识到,现在里面住的是另外一家人了。从前这座房子的女主人恐怕早已安息在什么墓地里了,墓上大概也栽满了玫瑰花吧。我经常梦见这所房子,梦见房子的女主人,如今却是人去楼空了。我在这里度过的十年中,有愉快,有痛苦;经历过轰炸,忍受过饥饿。男房东逝世后,我多次陪着女房东去扫墓。我这个异邦的青年成了她身边唯一的亲人,无怪我离开时她号啕痛哭。我回国以后,最初若干年,还经常通信。后来时移事变,就断了联系。我曾痴心妄想,还想再见她一面。而今我确实又来到了哥廷根,然而她却再也见不到,永远永远地见不到了。

我徘徊在当年天天走过的街头。这里什么地方都有过我的足迹。家家门前的小草坪上依然绿草如茵。今年冬雪来得早了一点。十月中,就下了一场雪。白雪、碧草、红花,相映成趣。鲜艳的花朵赫然傲雪怒放,比春天和夏天似乎还要鲜艳。我在一篇短文《海棠花》里描绘的那海棠花依然威严地站在那里。我忽然回忆起当年的冬天,日暮天阴,雪光照眼,我扶着我的吐火罗文和吠陀语老师西克教授,慢慢地走过十里长街。心里面感到凄清,但又感到温暖。回到祖国以后,每当下雪的时候,我便想到这一位像祖父一般的老人。回首前尘,已经有

第五章 人间自有真情在

四十多年了。

我也没有忘记当年几乎每一个礼拜天都到的席勒草坪。它就在小山下面,是进山必由之路。当年我常同中国学生或者德国学生,在席勒草坪散步之后,就沿着弯曲的山径走上山去。曾登上俾斯麦塔,俯瞰哥廷根全城;曾在小咖啡馆里流连忘返;曾在大森林中茅亭下躲避暴雨;曾在深秋时分惊走觅食的小鹿,听它们脚踏落叶一路窸窸窣窣地逃走。甜蜜的回忆是写也写不完的。今天我又来到这里。碧草如旧,亭榭犹新。但是当年年轻的我已颓然一翁,而旧日游侣早已荡若云烟,有的离开了这个世界,有的远走高飞,到地球的另一半去了。此情此景,人非木石,能不感慨万端吗?

我在上面讲到江山如旧,人物全非。幸而还没有真正地全非。几十年来我昼思夜想最希望还能见到的人,最希望他们还能活着的人,我的"博士父亲",瓦尔德施密特教授和夫人居然还都健在。教授已经是八十三岁高龄,夫人比他寿更高,是八十六岁。一别三十五年,今天重又会面,真有相见翻疑梦之感。老教授夫妇显然非常激动,我心里也如波涛翻滚,一时说不出话来。我们围坐在不太亮的电灯光下,杜甫的名句一下子涌上我的心头:

/ 糊涂一点　潇洒一点 /

  人生不相见，
  动如参与商。
  今夕复何夕，
  共此灯烛光。

  四十五年前我初到哥廷根我们初次见面，以及以后长达十年相处的情景，历历展现在眼前。那十年是剧烈动荡的十年，中间插上了一个第二次世界大战，我们没有能过上几天好日子。最初几年，我每次到他们家去吃晚饭时，他那个十几岁的独生儿子都在座。有一次教授同儿子开玩笑："家里有一个中国客人，你明天到学校去又可以张扬吹嘘一番了。"哪里知道，大战一爆发，儿子就被征从军，一年冬天，战死在北欧战场上。这对他们夫妇俩的打击，是无法形容的。不久，教授也被征从军。他心里怎样想，我不好问，他也不好说。看来是默默地忍受痛苦。他预订了剧院的票，到了冬天，剧院开演，他不在家，每周一次陪他夫人看戏的任务，就落到我肩上。深夜，演出结束后，我要走很长的道路，把师母送到他们山下林边的家中，然后再摸黑走回自己的住处。在很长的时间内，他们那一座漂亮的三层楼房里，只住着师母一个人。

第五章 \ 人间自有真情在 \

他们的处境如此，我的处境更要糟糕。烽火连年，家书亿金。我的祖国在受难，我的全家老老小小在受难，我自己也在受难。中夜枕上，思绪翻腾，往往彻夜不眠。而且头上有飞机轰炸，肚子里没有食品充饥。做梦就梦到祖国的花生米。有一次我下乡去帮助农民摘苹果，报酬是几个苹果和五斤土豆。回家后一顿就把五斤土豆吃了个精光，还并无饱意。

大概有六七年的时间，情况就是这个样子。我的学习、写论文、参加口试、获得学位，就是在这种情况下进行的。教授每次回家度假，都听我的汇报，看我的论文，提出他的意见。今天我会的这一点点东西，哪一点不饱含着教授的心血呢？不管我今天的成就还是多么微小，如果不是他怀着毫不利己的心情对我这一个素昧平生的异邦的青年加以诱掖教导的话，我能够有什么成就呢？所有这一切我能够忘记得了吗？

现在我们又会面了。会面的地方不是在我所熟悉的那一所房子里，而是在一所豪华的养老院里。别人告诉我，他已经把房子赠给哥廷根大学印度学和佛教研究所，把汽车卖掉，搬到这一所养老院里来了。院里富丽堂皇，应有尽有，健身房、游泳池，无不齐备。据说，饭食也很好。但是，说句不好听的话，到这里来的人都是七老八十的人，多半行动不便。对他们来说，健身房和游泳池实际上等于聋子的耳朵。他们不是来健身，而是来等死的。头一天晚上还在一起吃饭、聊天，第二天早晨说不定就有人见了上帝。一个人生活在这样的环境中，心情如何，概可想见。话又说了回来，教授夫妇孤苦伶仃，不到这里来，又到哪里去呢？

就是在这样一个地方，教授又见到了自己几十年没有见面的弟子。他的心情是多么激动，又是多么高兴，我无法加以描绘。我一下汽车就看到在高大明亮的玻璃门里面，教授端端正正地坐在圈椅上。他可能已经等了很久，正望眼欲穿哩。他瞪着慈祥昏花的双目瞧着我，仿佛想用目光把我吞了下去。握手时，他的手有点颤抖。他的夫人更是老态龙钟，耳朵聋，头摇摆不停，同三十多年前完全判若两人了。师母还专为我烹制了当年我在她家常吃的食品。两位老人齐声说："让我们好好地聊一聊老哥廷根的老生活吧！"他们现在大概只能用回忆来填充日常生活了。我问老教授还要不要中国关于佛教的书，他反问我："那些东西对我还有什么用呢？"我又问他正在写什么东西。他说："我想整理一下以前的旧稿；我想，不久就要打住了！"从一些细小的事情上来看，老两口的意见还是有一些矛盾的。看来这相依为命的一双老人的生活是阴沉的、郁闷的。

在他们前面,正如鲁迅在《过客》中所写的那样:"前面?前面,是坟。"

我心里陡然凄凉起来。老教授毕生勤奋,著作等身,名扬四海,受人尊敬,老年就这样度过吗?我今天来到这里,显然给他们带来了极大的快乐。一旦我离开这里,他们又将怎样呢?可是,我能永远在这里待下去吗?我真有点依依难舍,尽量想多待些时候。但是,千里凉棚,没有不散的筵席。我站起来,想告辞离开。老教授带着乞求的目光说:"才十点多钟,时间还早嘛!"我只好重又坐下。最后到了深夜,我狠了狠心,向他们说了声:"夜安!"站起来,告辞出门。老教授一直把我送下楼,送到汽车旁边,样子是难舍难分。此时我心潮翻滚,我明确地意识到,这是我们最后一面了。但是,为了安慰他,或者欺骗他;也为了安慰我自己,或者欺骗我自己,我脱口说了一句话:"过一两年,我再回来看你!"声音从自己嘴里传到自己耳朵,显得空荡、虚伪,然而却又真诚。这真诚感动了老教授,他脸上现出了笑容:"你可是答应了我,过一两年再回来!"我还有什么话好说呢?我噙着眼泪,钻进了汽车。汽车开走时,回头看到老教授还站在那里,一动也不动,活像是一座塑像。

/ 糊涂一点　潇洒一点 /

　　过了两天,我就离开了哥廷根。我乘上了一列开到另一个城市去的火车。坐在车上,同来时一样,我眼前又是面影迷离,错综纷杂。我这两天见到的一切人和物,一一奔凑到我的眼前来;只是比来时在火车上看到的影子清晰多了,具体多了。在这些迷离错乱的面影中,有一个特别清晰、特别具体、特别突出,它就是我在前天夜里看到的那一座塑像。愿这一座塑像永远停留在我的眼前,永远停留在我的心中。

1980 年 11 月在西德开始

1987 年 10 月在北京写完

寸草心

我已至望九之年,在这漫长的生命中,亲属先我而去的,人数颇多。俗话说:"死人生活在活人的记忆里。"先走的亲属当然就活在我的记忆里。越是年老,想到他们的次数越多。想得最厉害的偏偏是几位妇女。因为我是一个激烈的女权卫护者吗?不是的。那么究竟原因何在呢?我说不清。反正事实就是这样。我只能说是因缘和合了。

我在下面依次讲四位妇女。前三位属于"寸草心"的范畴,最后一位算是借了光。

大奶奶

我的上一辈,大排行,共十一位兄弟。老大、老二,我叫他们"大大爷""二大爷",是同父同母所生。大大爷是个举人,做过一任教谕,官阶未必入流,却是我们庄最高的功名,最大的官,因此家中颇为富有。兄弟俩分家,每人还各得地五六十亩。后来被划为富农。老三、老四、老五、老六、老八、老十,我从未见过,他们父母生身情况不清楚,因家贫遭灾,闯了关东,黄鹤一去不复归矣。老七、老九、老十一,是同父同母所生,老七是我父亲。从小父母双亡,我从来没有见过我的祖父母。贫无立锥之地,十一叔送给了别人,改了姓。九叔也万般无奈被迫背井离乡,流落济南,好歹算是在那里立定了脚跟。我六岁离家,投奔的就是九叔。

所谓"大奶奶",就是举人的妻子。大大爷生过一个儿子,也就是说,大奶奶有过一个儿子。可惜在娶妻生子后就夭亡了。我从来没有见过他。因此,在我上一辈十一人中,男孩子只有我这一个独根独苗。在旧社会"不孝有三,无后为大"的环境中,我成了家中的宝贝,自是意中事。可能还有一些别的原因,在我六岁离家之前,我就成了大奶奶的心头肉,一天不见也不行。

我们家住在村外,大奶奶住在村内。有很长一段时间,我每天早晨一睁眼,滚下土炕,一溜烟就跑到村内,一头扑到大奶奶怀里。只见她把手缩进非常宽大的袖筒里,不知从什么地

第五章 \ 人间自有真情在 \

方拿出半块或一整个白面馒头,递给我。当时吃白面馒头叫作吃"白的",全村能每天吃"白的"的人,屈指可数,大奶奶是其中一个,季家全家是唯一的一个。对我这个连"黄的"(指小米面和玉米面)都吃不到,只能凑合着吃"红的"(红高粱面)的小孩子,"白的"简直就像是龙肝凤髓,是我一天望眼欲穿地最希望享受到的。

按年龄推算起来,从能跑路到离开家,大约是从三岁到六岁,是我每天必见大奶奶的时期,也是我一生最难忘怀的一段生活。我的记忆中往往闪出一株大柳树的影子。大奶奶弥勒佛似的端坐在一把奇大的椅子上。她身躯庞大,据说食量很大。有一次,家人给她炖了一锅肉。她问家里的人:"肉炖好了没有?给我盛一碗拿两个馒头来,我尝尝!"食量可见一斑。可惜我现在怎么样也挖不出吃肉的回忆。我不会没吃过的。大概我的最高愿望也不过是吃点"白的",超过这个标准,对我就如云天渺茫,连回忆都没有了。

可是我终于离开了大奶奶,以古稀或耄耋的高龄,失掉我这块心头肉,大奶奶内心的悲伤,完全可以想象。"遥怜小儿女,未解忆长安。"我只有六岁,稍有点不安,转眼就忘了。等我第一次从济南回家的时候,是送大奶奶入土的。从此我就永远失掉了大奶奶。

大奶奶会永远活在我的记忆中。

我的母亲

我是一个最爱母亲的人，却又是一个享受母爱最少的人。我六岁离开母亲，以后有两次短暂的会面，都是由于回家奔丧。最后一次是分离八年以后，又回家奔丧。这次奔的却是母亲的丧。回到老家，母亲已经躺在棺材里，连遗容都没能见上。从此，人天永隔，连回忆里母亲的面影都变得迷离模糊，连在梦中都见不到母亲的真面目了。这样的梦，我生平不知已有多少次。直到耄耋之年，我仍然频频梦到面目不清的母亲，总是老泪纵横，哭着醒来。对享受母亲的爱来说，我注定是一个永恒的悲剧人物了。奈之何哉！奈之何哉！

关于母亲，我已经写了很多，这里不想再重复。我只想写一件我决不相信其为真而又热切希望其为真的小事。

在清华大学念书时，母亲突然去世。我从北平赶回济南，又赶回清平，送母亲入土。我回到家里，看到的只是一个黑棺材，母亲的面容再也看不到了。有一天夜里，我正睡在里间的土炕上，十一叔陪着我。中间隔一片枣树林的对门的宁大叔，

第五章 \ 人间自有真情在 \

径直走进屋内,绕过母亲的棺材,走到里屋炕前,把我叫醒,说他的老婆宁大婶"撞客"了——我们那里把鬼附人体叫作"撞客"——撞的"客"就是我母亲。我大吃一惊,一骨碌爬起来,跌跌撞撞,跟着宁大叔,穿过枣林,来到他家。宁大婶坐在炕上,闭着眼睛,嘴里却不停地说着话,不是她说话,而是我母亲。一见我(毋宁说是一"听到我",因为她没有睁眼),就抓住我的手,说:"儿啊!你让娘想得好苦呀!离家八年,也不回来看看我。你知道,娘心里是什么滋味呀!"如此刺刺不休,说个不停。我仿佛当头挨了一棒,懵懵懂懂,不知所措。按理说,听到母亲的声音,我应当号啕大哭。然而,我没有,我似乎又清醒过来。我在潜意识中,连声问着自己:"这是可能的吗?这是真事吗?"我心里酸甜苦辣,搅成了一锅酱。我对"母亲"说:"娘啊!你不该来找宁大婶呀!你不该麻烦宁大婶呀!"我自己的声音传到我自己的耳朵里,一片空虚,一片淡漠。然而,我又不能不这样,我的那一点"科学"起了支配的作用。"母亲"连声说:"是啊!是啊!我要走了。"于是宁大婶睁开了眼睛,木然、愕然坐在土炕上。我回到自己家里,看到母亲的棺材,伏在土炕上,一直哭到天明。

我不能相信这是真的,但是希望它是真的。倚闾望子,望了八年,终于"看"到了自己心爱的独子,对母亲来说不也是一种安慰吗?但这是多么渺茫,多么神奇的一种安慰呀!

母亲永远活在我的记忆里。

我的婶母

这里指的是我九叔续弦的夫人。第一位夫人,虽然是把我抚养大的,我应当感谢她;但是,留给我的不都是愉快的回忆。我写不出什么文章。

这一位续弦的婶母,是在 1935 年夏天我离开济南以后才同叔父结婚的,我并没见过她。到了德国写家信,虽然"敬禀者"的对象中也有"婶母"这个称呼,却对我来说是一个空洞的概念。一直到 1947 年,也就是说十二年以后,我从北平乘飞机回济南,才把概念同真人对上了号。

婶母(后来我们家里称她为"老祖")是绝顶聪明的人,也是一个有个性有脾气的人。我初回到家,她是斜着眼睛看我的。这也难怪。结婚十几年了,忽然凭空冒出来了一个侄子。"他是什么人呢?好人?坏人?好不好对付?"她似乎有这样多问号。这是人之常情,不能怪她。

我却对她非常尊敬,她不是个一般的人。我离家十二年,

第五章 人间自有真情在

我在欧洲经历了第二次世界大战,她在国内经历了日军占领和抗日战争。我是亲老、家贫、子幼。可是鞭长莫及。有五六年,音讯不通。上有老,下有小,叔父脾气又极暴烈,甚至有点乖戾,极难侍奉。有时候,经济没有来源,全靠她一个人支持。她摆过烟摊;到小市上去卖衣服家具;在日军刺刀下去领混合面;骑着马到济南南乡里去勘查田地,充当地牙子,赚点钱供家用;靠自己幼时所学的中医知识,给人看病。她以"少妻"的身份,对付难以对付的"老夫"。她的苦心至今还催我下泪。在这万分艰苦的情况下,她没让孙女和孙子失学,把他们抚养成人。总之,一句话,如果没有老祖,我们的家早就完了。我回到家里来也恐怕只能看到一座空房,妻离子散,叔父归天。

我自认还不是一个混人。我极重感情,决不忘恩。老祖的所作所为,我看到眼里,记在心中。回北平以后,给她写了一封长信,称她为"老季家的功臣"。听说,她很高兴。见了自己的娘家人,详细通报。从此,她再也不斜着眼睛看我了,我们两人之间的关系十分融洽,互相尊重。我们全家都尊敬她,热爱她,"老祖"这一个朴素简明的称号,就能代表我们全家人的心。

叔父去世以后,老祖同我的妻子彭德华从济南迁来北京。我们一起生活了将近三十年,从没有半点龃龉,总是你尊我敬。自从我六岁到济南以后,六七十年来,我们家从来没有吵过架,这是极为难得的。我看进入吉尼斯世界纪录,也不为过。老祖到我们家以后,我们能这样和睦,主要归功于她和德华两人,我在其中起的作用,微乎其微。以八十多的高龄,老祖身体健康,精神愉快,操持家务,全都靠她。我们只请了做小时工的保姆。老祖天天背着一个大黑布包,出去采买食品菜蔬,成为朗润园的美谈。老祖是非常满意的,告诉自己的娘家人说:"这一家子都是很孝顺的。"可见她晚年心情之一斑。我个人也是非常满意的,我安享了二三十年的清福。老祖以九十岁的高龄离开人世。我想她是含笑离开的。

我的妻子

我在上面说过:德华不应该属于"寸草心"的范畴。她借了光。人世间借光的事情也是常有的。

我因为是季家的独根独苗,身上负有传宗接代的重大任务,所以十八岁就结了婚。父母之命,媒妁之言,自不在话下。德华长我四岁。对我们家来说,她真正做到了"毫不利己,专门利人",一辈子勤勤恳恳,有时候还要含辛茹苦。上有

第五章 人间自有真情在

公婆，下有稚子幼女，丈夫十几年不在家。公公又极难侍候，家里又穷，经济朝不保夕。在这些年，她究竟受了多少苦，她只是偶尔对我流露一点，我实在说不清楚。

德华天资不是太高，只念过小学，大概能认千八百字。当我念小学的时候，我曾偷偷地看过许多旧小说，什么《西游记》《封神演义》《彭公案》《施公案》《济公传》《七侠五义》《小五义》等都看过。当时这些书对我来说是"禁书"，叔叔称之为"闲书"。看"闲书"是大罪状，是绝对不允许的。但是，不但我，连叔父的女儿秋妹都偷偷地看过不少。她把小说中常见的词儿"飞檐走壁"念成"飞腾走壁"，一时传为笑柄。可是，德华一辈子也没有看过任何一部小说，别的书更谈不上了。她没有给我写过一封信，她根本拿不起笔来。到了晚年，连早年能认的千八百字也都大半还给了老师，剩下的不太多了。因此，她对我一辈子搞的这一套玩意儿根本不知道是什么东西，有什么意义。她似乎从来也没有想知道过。在这方面，我们俩毫无共同的语言。

在文化方面，她就是这个样子。然而，在道德方面，她是超一流的。上对公婆，她真正尽上了孝道；下对子女，她真正做到了慈母应做的一切；中对丈夫，她绝对忠诚，绝对服从，绝对爱护。她是一个极为难得的孝顺媳妇，贤妻良母。她对待任何人都是忠厚诚恳，从来没有说过半句闲话。她不会撒谎，我敢保证，她一辈子没有说过半句谎话。如果中国将来要修"二十几史"，而其中又有什么"妇女列传"或"闺秀列传"的话，她应该榜上有名。

1962年，老祖同德华从济南搬到北京来。我过单身汉生活数十年，现在总算是有了一个家。这也是德华一生的黄金时期，也是我一生最幸福的时候。我们家里和睦相处，你尊我让，从来没有吵过嘴。有时候家人朋友团聚，食前方丈，杯盘满桌，烹饪往往由她们二人主厨。饭菜上桌，众人狼吞虎咽，她们俩却往往是坐在一旁，笑眯眯地看着我们吃，脸上流露出极为怡悦的表情。对这样的家庭，一切赞誉之词都是无用的，都会黯然失色的。

我活到了八十多，参透了人生真谛。人生无常，无法抗御。我在极端的快乐中，往往心头闪过一丝暗影：天下无不散的筵席。我们家这一出十分美满的戏，早晚会有煞戏的时候。果然，老祖先走了，去年德华又走了。她也已活到超过米寿，她可以瞑目了。德华永远活在我的记忆里。

赋得永久的悔

题目是韩小蕙女士出的,所以名之曰"赋得"。但文章是我心甘情愿作的,所以不是八股。

我为什么心甘情愿作这样一篇文章呢?一言以蔽之,题目出得好,不但实获我心,而且先获我心:我早就想写这样一篇东西了。

我已经到了望九之年。在过去的七八十年中,从乡下到城里,从国内到国外,从小学、中学、大学到洋研究院,从"志于学"到超过"从心所欲不逾矩",曲曲折折,坎坎坷坷。既走过阳关大道,也走过独木小桥;既经过"山重水复疑无路",又看到"柳暗花明又一村",喜悦与忧伤并驾,失望与希望齐飞,我的经历可谓多矣。要讲后悔之事,那是俯拾即是。要选其中最深切、最真实、最难忘的悔,也就是永久的悔,那也是唾手可得,因为它片刻也没有离开过我的心。

我这永久的悔就是:不该离开故乡,离开母亲。

我出生在鲁西北一个极端贫困的村庄里。我们家是贫中之贫,真可以说是贫无立锥之地。

我祖父母早亡,留下了我父亲等三个兄弟,孤苦伶仃,无依无靠。最小的十一叔送了人。我父亲和九叔饿得没有办法,只好到别人家的枣林里去捡落到地上的干枣充饥。这当然不是长久之计。最后兄弟俩被逼背井离乡,盲流到济南去谋生。此时他俩也不过十几二十岁。在举目无亲的大城市里,必然是经过千辛万苦,九叔在济南落住了脚。于是我父亲就回到了故乡,说是农民,但又无田可耕。又必然是经过千辛万苦,九叔从济南有时寄点钱回家,父亲赖以生活。不知怎么一来,竟然寻(读若 xín)上了媳妇,她就是我的母亲。母亲的娘家姓赵,门当户对,她家穷得同我们家差不多,否则也绝不会结亲。她家里饭都吃不上,哪里有钱、有闲上学。所以我母亲一个字也不识,活了一辈子,连个名字都没有。她家是在另一个庄上,离我们庄五里路。这个五里路就是我母亲毕生所走的最长的距离。

我就出生在这样一个家庭里,就有这样一位母亲。

第五章　人间自有真情在

后来我听说，我们家确实也"阔"过一阵。大概在清末民初，九叔在东三省用口袋里剩下的最后的五角钱，买了十分之一的湖北水灾奖券，中了奖。兄弟俩商量，要"富贵而归故乡"，回家扬一下眉，吐一下气。于是把钱运回家，九叔仍然留在城里，乡里的事由父亲一手张罗。他用荒唐离奇的价钱，买了砖瓦，盖了房子。又用荒唐离奇的价钱，置了一块带一口水井的田地。一时兴会淋漓，真正扬眉吐气了。可惜好景不长，我父亲又用荒唐离奇的方式，仿佛宋江一样，豁达大度，招待四方朋友。一转瞬间，盖成的瓦房又拆了卖砖，卖瓦。有水井的田地也改变了主人。全家又回归到原来的情况。我就是在这个时候，在这样的情况下降生到人间来的。

母亲当然亲身经历了这个巨大的变化。可惜，当我同母亲住在一起的时候，我只有几岁，告诉我，我也不懂。所以，我们家这一次陡然上升，又陡然下降，只像是昙花一现，我到现在也不完全明白。这个谜恐怕要成永恒的谜了。

不管怎样，我们家又恢复到从前那种穷困的情况。后来听人说，我们家那时只有半亩多地。这半亩多地是怎么来的，我也不清楚。一家三口人就靠这半亩多地生活。城里的九叔当然还会给点接济，然而像中湖北水灾奖那样的事儿，一辈子有一次也不算少了,九叔没有多少钱接济他的哥哥了。

家里日子是怎样过的,我年龄太小,说不清楚。反正吃得极坏,这个我是懂得的。按照当时的标准,吃"白的"(指麦子面)最高;其次是吃小米面或棒子面饼子;最次是吃红高粱饼子,颜色是红的,像猪肝一样。"白的"与我们家无缘。"黄的"(小米面或棒子面饼子颜色都是黄的)与我们缘分也不大。终日为伍者只有"红的"。这"红的"又苦又涩,真是难以下咽。但不吃又害饿,我真有点谈"红"色变了。

但是,小孩子也有小孩子的办法。我祖父的堂兄是一个举人,他的夫人我喊她奶奶。他们这一支是有钱有地的。虽然举人死了,但家境依然很好。我这一位大奶奶仍然健在。她的亲孙子早亡,所以把全部的钟爱都倾注到我身上来。她是整个官庄能够吃"白的"的仅有的几个人之一。她不但自己吃,而且每天都给我留出半个或者四分之一个白面馍馍来。我每天早晨一睁眼,立即跳下炕来向村里跑,我们家住在村外。我跑到大奶奶跟前,清脆甜美地喊上一声:"奶奶!"她立即笑得合不上嘴,把手缩回到肥大的袖子里,从口袋里掏出一小块馍馍,递给我,这是我一天最幸福的时刻。

此外,我也偶尔能够吃一点"白的",这是我自己用劳动换

第五章　人间自有真情在

来的。一到夏天麦收季节，我们家根本没有什么麦子可收。对门住的宁家大婶子和大姑——她们家也穷得够呛——就带我到本村或外村富人的地里去"拾麦子"。所谓"拾麦子"就是别家的长工割过麦子，总还会剩下那么一点点麦穗，这些都是不值得一捡的，我们这些穷人就来"拾"。因为剩下的绝不会多，我们拾上半天，也不过拾半篮子；然而对我们来说，这已经是如获至宝了。一定是大婶和大姑对我特别照顾，以一个四五岁、五六岁的孩子，拾上一个夏天，也能拾上十斤八斤麦粒。这些都是母亲亲手搓出来的。为了对我加以奖励，麦季过后，母亲便把麦子磨成面，蒸成馍馍，或贴成白面饼子，让我解解馋。我于是就大快朵颐了。

记得有一年，我拾麦子的成绩也许是有点"超常"。到了中秋节——农民嘴里叫"八月十五"——母亲不知从哪里弄了点月饼，给我掰了一块，我就蹲在一块石头旁边，大吃起来。在当时，对我来说，月饼可真是神奇的好东西，龙肝凤髓也难以比得上的，我难得吃上一次。我当时并没有注意，母亲是否也在吃。现在回想起来，她根本一口也没有吃。不但是月饼，连其他"白的"，母亲从来都没有尝过，都留给我吃了。她大概是毕生就与红色的高粱饼子为伍。到了俭年，连这个也吃不上，那就只有吃野菜了。

至于肉类，吃的回忆似乎是一片空白。我姥娘家隔壁是一家卖煮牛肉的作坊。给农民劳苦耕耘了一辈子的老黄牛，到了老年，耕不动了，几个农民便以极其低的价钱买来，用极其野蛮的办法杀死，把肉煮烂，然后卖掉。老牛肉难煮，实在没有办法，农民就在肉锅里小便一通，这样肉就好烂了。农民心肠好，有了这种情况，就昭告四邻："今天的肉你们别买！"姥娘家穷，虽然极其疼爱我这个外孙，也只能用土罐子，花几个制钱，装一罐子牛肉汤，聊胜于无。记得有一次，罐子里多了一块牛肚子。这就成了我的专利。我舍不得一气吃掉，就用生了锈的小铁刀，一块一块地割着吃，慢慢地吃。这一块牛肚真可以同月饼媲美了。

"白的"、月饼和牛肚难得，"黄的"怎样呢？"黄的"也同样难得。但是，尽管我只有几岁，我却也想出了办法。到了春、夏、秋三个季节，庄外的草和庄稼都长起来了。我就到庄外去割草，或者到人家高粱地里去劈高粱叶。劈高粱叶，田主不但不禁止，而且还欢迎；因为叶子一劈，通风情况就能改进，高粱长得就能更好，粮食打得就能更多。草和高粱叶都是喂牛用的。我们家穷，从来没有养过牛。我二大爷家是有地的，经常养着两头大牛。我这草和高粱叶就是给它们准备的。

第五章 　人间自有真情在

每当我这个不到三块豆腐干高的孩子背着一大捆草或高粱叶走进二大爷的大门，我心里有所恃而不恐，把草放在牛圈里，赖着不走，总能蹭上一顿"黄的"吃，不会被二大娘"捲"（我们那里的土话，意思是"骂"）出来。到了过年的时候，自己心里觉得，在过去的一年里，自己喂牛立了功，又有了勇气到二大爷家里赖着吃黄面糕。黄面糕是用黄米面加上枣蒸成的。颜色虽黄，却位列"白的"之上，因为一年只在过年时吃一次，"物以稀为贵"，于是黄面糕就贵了起来。

我上面讲的全是吃的东西。为什么一讲到母亲就讲起吃的东西来了呢？原因并不复杂。第一，我作为一个孩子容易关心吃的东西。第二，所有我在上面提到的好吃的东西，几乎都与母亲无缘。除了"红的"以外，其余她都不沾边儿。我在她身边只待到六岁，以后两次奔丧回家，待的时间也很短。现在我回忆起来，连母亲的面影都是迷离模糊的，没有一个清晰的轮廓。特别有一点，让我难解而又易解：我无论如何也回忆不起母亲的笑容来，她好像是一辈子都没有笑过。家境贫困，儿子远离，她受尽了苦难，笑容从何而来呢？有一次我回家听对面的宁大婶子告诉我说："你娘经常说'早知道送出去回不来，我无论如何也不会放他走的！'"简短的一句话里面含着多少辛酸、多少悲伤啊！母亲不知有多少日日夜夜，眼望远方，盼望自己的儿子回来啊！然而这个儿子却始终没有归去，一直到母亲离开这个世界。

　　对于这个情况，我最初懵懵懂懂，理解得并不深刻。到了上高中的时候，自己大了几岁，逐渐理解了。但是自己寄人篱下，经济不能独立，空有雄心壮志，怎奈无法实现，我暗暗地下定了决心，立下誓愿：一旦大学毕业，自己找到工作，立即迎养母亲。然而没有等到我大学毕业，母亲就离开我走了，永远永远地走了。古人说："树欲静而风不止，子欲养而亲不待"，这话正应到我身上，我不忍想象母亲临终时思念爱子的情况；一想到，我就会心肝俱裂，眼泪盈眶。当我从北平赶回济南，又从济南赶回清平奔丧的时候，看到了母亲的棺材，看到那简陋的屋子，我真想一头撞死在棺材上，随母亲于地下。我后悔，我真后悔，我千不该万不该离开了母亲。世界上无论什么名誉，什么地位，什么幸福，什么尊荣，都比不上待在母亲身边，即使她一个字也不识，即使整天吃"红的"。

　　这就是我的"永久的悔"。

1994 年 3 月 5 日

我的家

我曾经有过一个温馨的家。那时候,老祖和德华都还活着,她们从济南迁来北京,我们住在一起。

老祖是我的婶母,全家都尊敬她,尊称之为老祖。她出身中医世家,人极聪明,心思灵活。从小学会了一套治病的手段,有家传治白喉的秘方,治疗这种十分危险的病,十拿十稳,手到病除。因自幼丧母,没人替她操心,耽误了出嫁的黄金时间,成了一位山东话称之为"老姑娘"的人。年近四十,才嫁给了我叔父,做续弦的妻子。她心灵中经受的痛苦之剧烈,概可想见。然而她是一个十分坚强的人,从来没有对人流露过。实际上,作为一个丧母的孤儿,又能对谁流露呢?

德华是我的老伴,是奉父母之命,通过媒妁之言同我结婚的。她只有小学水平，认了一些字，也早已还给老师了。她是一个真正善良的人，一生没有跟任何人闹过对立，发过脾气。她也是自幼丧母的，在她那堂姊妹兄弟众多的、生计十分困难的大家庭里，终日愁米愁面，当然也受过不少的苦；没有母亲这一把保护伞，有苦无处诉，她的青年时代是在愁苦中度过的。

至于我自己，我虽然不是自幼丧母，但是，六岁就离开母亲，没有母爱的滋味，我尝得透而又透。我大学还没有毕业，母亲就永远离开了我，这使我抱恨终天，成为我的"永久的悔"。我的脾气，不能说是暴躁，而是急躁。想到干什么，必须立即干成，否则就坐卧不安。我还不能说自己是个坏人，因为，除了为自己考虑外，我还能为别人考虑。我坚决反对曹操的"宁教我负天下人，不教天下人负我"。

就是这样三个人组成了一个家庭。

为什么说是一个温馨的家呢？首先是因为我们家六十年来没有吵过一次架，甚至没有红过一次脸。我想，这即使不能算是绝无仅有，也是极为难能可贵的。把这样一个家庭称之为温馨不正是恰如其分吗？其中也不是没有原因的。

我们全家都尊敬老祖，她是我们家的功臣。正当我们家经

第五章 \ 人间自有真情在 \

济濒于破产的时候,从天上掉下一个馅儿饼来:我获得一个到德国去留学的机会。我并没有什么凌云的壮志,只不过是想苦熬两年,镀上一层金,回国来好抢得一只好饭碗,如此而已。焉知两年一变而成了十一年。多亏老祖苦苦挣扎,摆过小摊,卖过破烂,勉强让一老,我的叔父;二中,老祖和德华;二小,我的女儿和儿子,能够有一口饭吃,才得度过灾难。否则,我们家早已家破人亡了。这样一位大大的功臣,我们焉能不尊敬呢?

如果真有"毫不利己,专门利人"的人的话,那就是老祖和德华。她们忙忙叨叨买菜、做饭,等到饭一做好,她俩却坐在旁边看着我们狼吞虎咽,自己只吃残羹剩饭。这逼得我不由不从内心深处尊敬她们。

我们曾经雇过一个从安徽来的年轻女孩子当小时工,她姓杨,我们都管她叫小杨,是一个十分温顺、诚实、少言寡语的女孩子。每天在我们家干两小时的活,天天忙得没有空闲时间。我们家的两个女主人经常在午饭的时候送给小杨一个热馒头,夹上肉菜,让她吃了当午饭,立即到别的家去干活。有一次,小杨背上长了一个疮,老祖是医生,懂得其中的道理。据她说,疮长在背上,如凸了出来,这是良性的,无大妨碍。如果凹了进去，则是民间所谓的大背疮，古书上称之为疽，是能要人命的。当年范增"疽发背死"，就是这种疮。小杨患的也恰恰是这种疮。于是，小杨每天到我们家来，不是干活，而是治病，主治大夫就是老祖，德华成了助手。天天挤脓、上药，忙完整整两小时，小杨再到别的家去干活。最后，奇迹出现了，过了几个月，小杨的疽完全好了。老祖始终没有告诉她这种疮的危险性。小杨离开北京回到安徽老家以后，还经常给我们来信，可见我们家这两位女主人之恩，使她毕生难忘了。

我们的家庭成员，除了"万物之灵"的人以外，还有几个并非万物之灵的猫。我们养的第一只猫，名叫虎子，脾气真像是老虎，极为暴烈。但是，对我们三个人十分温顺，晚上经常睡在我的被子上。晚上，我一上床躺下，虎子就和另外一只名叫咪咪的猫，连忙跳上床来，争夺我脚头上那一块地盘，沉沉地压在那里。如果我半夜里醒来，觉得脚头上轻轻地，我知道，两只猫都没有来，这时我往往难再入睡。在白天，我出去散步，两只猫就跟在我后面，我上山，它们也上山；我下来，它们也跟着下来。这成为燕园中一条著名的风景线，名传遐迩。

这难道不是一个温馨的家庭吗？

然而，光阴如电光石火，转瞬即逝。到了今天，人猫俱亡，我们的家庭只剩下了我一个人，形单影只，过了一段寂寞凄苦的生活。

然而，天无绝人之路。隔了不久，我的同事、我的朋友、我的学生，了解到我的情况之后，立刻伸出了爱援之手，使我又萌生了活下去的勇气。其中有一位天天到我家来"打工"，为我操吃操穿，读信念报，招待来宾，处理杂务，不是亲属，胜似亲属。让我深深感觉到，人间毕竟是温暖的，生活毕竟是"美丽的"（我讨厌这个词儿，姑一用之）。如果没有这些友爱和帮助，我恐怕早已登上了八宝山，与人世"拜拜"了。

那些非万物之灵的家庭成员如今数目也增多了。我现在有四只纯种的，从家乡带来的波斯猫，活泼、顽皮，经常挤入我的怀中，爬上我的脖子。其中一只，尊号毛毛四世的小猫，正在爬上我的脖子，被一位摄影家在不到半秒钟的时间内抢拍了一个镜头，赫然登在《人民日报》上，受到了许多人的赞扬，成为蜚声猫坛的一只世界名猫。

眼前，虽然我们家只剩下我一个孤家寡人，你难道能说这不是一个温馨的家吗？

2000 年 11 月 5 日

老猫

老猫虎子蜷曲在玻璃窗外窗台上一个角落里,缩着脖子,眯着眼睛,浑身一片寂寞、凄清、孤独、无助的神情。

外面正下着小雨,雨丝一缕一缕地向下飘落,像是珍珠帘子。时令虽已是初秋,但是隔着雨帘,还能看到紧靠窗子的小土山上丛草依然碧绿,毫无要变黄的样子。在万绿丛中赫然露出一朵鲜艳的红花。古诗"万绿丛中一点红",大概就是这般光景吧。这一朵小花如火似燃,照亮了浑茫的雨天。

我从小就喜爱小动物。同小动物在一起,别有一番滋味。它们天真无邪,率性而行;有吃抢吃,有喝抢喝;不会说谎,不会推诿;受到惩罚,忍痛挨打;一转眼间,照偷不误。同它们在一起,我心里感到怡然,坦然,安然,欣然。不像同人在

第五章 人间自有真情在

一起那样，应对进退、谨小慎微、斟酌词句、保持距离，感到异常地别扭。

十四年前，我养的第一只猫，就是这个虎子。刚到我家来的时候，比老鼠大不了多少。蜷曲在窄狭的窗内窗台上，活动的空间好像富富有余。它并没有什么特点，仅只是一只最平常的狸猫，身上有虎皮斑纹，颜色不黑不黄，并不美观。但是异于常猫的地方也有，它有两只炯炯有神的眼睛，两眼一睁，还真虎虎有虎气，因此起名叫虎子。它脾气也确实暴烈如虎。它从来不怕任何人。谁要想打它，不管是用鸡毛掸子，还是用竹竿，它从不回避，而是向前进攻，声色俱厉。得罪过它的人，它永世不忘。我的外孙打过它一次，从此结仇。只要他到我家来，隔着玻璃窗子，一见人影，它就做好准备，向前进攻，爪牙并举，吼声震耳。他没有办法，在家中走动，都要手持竹竿，以防万一，否则寸步难行。有一次，一位老同志来看我，他显然是非常喜欢猫的。一见虎子，嘴里连声说着："我身上有猫味，猫不会咬我的。"他伸手想去抚摩它，可万万没有想到，我们虎子不懂什么猫味，回头就是一口。这位老同志大惊失色。总之，到了后来，虎子无人不咬，只有我们家三个主人除外，它的"咬声"颇能耸人听闻了。

但是，要说这就是虎子的全面，那也是不正确的。除了暴烈咬人以外，它还有另外一面，这就是温柔敦厚的一面。我举一个小例子。虎子来我们家以后的第三年，我又要了一只小猫。这是一只混种的波斯猫，浑身雪白，毛很长，但在额头上有一小片黑黄相间的花纹。我们家人管这只猫叫洋猫，起名咪咪；虎子则被尊为土猫。这只猫的脾气同虎子完全相反：胆小、怕人，从来没有咬过人。只有在外面跑的时候，才露出一点野性。它只要有机会溜出大门，但见它长毛尾巴一摆，像一溜烟似的立即窜入小山的树丛中，半天不回家。这两只猫并没有血缘关系，但是，不知道是由于什么原因，一进门，虎子就把咪咪看作自己的亲生女儿。它自己本来没有什么奶，却坚决要给咪咪喂奶，把咪咪搂在怀里，让它咂自己的干奶头；它眯着眼睛，仿佛在享着天福。我在吃饭的时候，有时丢点鸡骨头、鱼刺，这等于猫们的燕窝、鱼翅。但是，虎子只蹲在旁边，瞅着咪咪一只猫吃，从来不同它争食。有时还"咪噢"上两声，好像是在说："吃吧，孩子！安安静静地吃吧！"有时候，不管是春夏还是秋冬，虎子会从西边的小山上逮一些小动物，麻雀、蚱蜢、蝉、蛐蛐之类，用嘴叼着，蹲在家门口，嘴里发出一种怪声。这是猫语，屋里的咪咪，不管是睡还是醒，

第五章 \ 人间自有真情在 \

耸耳一听,立即跑到门后,馋涎欲滴,等着吃母亲带来的佳肴,大快朵颐。我们家人看到这样母子亲爱的情景,都由衷地感动,一致把虎子称作"义猫"。有一年,小咪咪生了两只小猫。大概是初做母亲,没有经验,正如我们圣人所说的那样"未有学养子而后嫁者也",人们能很快学会,而猫们则不行。咪咪丢下小猫不管,虎子却大忙特忙起来,觉不睡,饭不吃,日日夜夜把小猫搂在怀里。但小猫是要吃奶的,而奶正是虎子所缺的。于是小猫暴躁不安,虎子眉头一皱,计上心来,叼起小猫,到处追着咪咪,要它给小猫喂奶。还真像一个姥姥的样子,但是小咪咪并不领情,依旧不给小猫喂奶。有几天的时间,虎子不吃不喝,瞪着两只闪闪发光的眼睛,嘴里叼着小猫,从这屋赶到那屋,一转眼又赶了回来。小猫大概真是受不了啦,便辞别了这个世界。

我看了这一出猫家庭里的悲剧又是喜剧,实在是爱莫能助,惋惜了很久。

我同虎子和咪咪都有深厚的感情。每天晚上,它们俩抢着到我床上去睡觉。在冬天,我在棉被上面特别铺上了一块布,供它们躺卧。我有时候半夜里醒来,神志一清醒,觉得有什么东西重重地压在我身上,一股暖气仿佛透过了两层棉被,扑到我的双腿上。我知道,小猫睡得正香,即使我的双腿由于僵卧时间过久,又酸又痛,但我总是强忍着,决不动一动双腿,免得惊了小猫的轻梦。它此时也许正梦着捉住了一只耗子。只要我的腿一动,它这耗子就吃不成了,岂非大煞风景吗?

这样过了几年,小咪咪大概有八九岁了。虎子比它大三岁,十一二岁的光景。依然威风凛凛,脾气暴烈如故,见人就咬,大有死不改悔的神气。而小咪咪则出我意料地露出了要离世的光景,常常到处小便,桌子上,椅子上,沙发上,无处不便。如果到医院里去检查的话,大夫在列举的病情中一定会有一条的:小便失禁。最让我心烦的是,它偏偏看上了我桌子上的稿纸。我正写着什么文章,然而它根本不管这一套,跳上去,屁股往下一蹲,一泡猫尿流在上面,还闪着微弱的光。说我不急,那不是真的。我心里真急,但是,我谨遵我的一条戒律:决不打小猫一掌,在任何情况之下,也不打它。此时,我赶快把稿纸拿起来,抖掉了上面的猫尿,等它自己干。心里又好气,又好笑,真是哭笑不得。家人对我的嘲笑,我置若罔闻,"全等秋风过耳边"。

我不信任何宗教,也不皈依任何神灵。但是,此时我有点想迷信一下。我期望会有奇迹出现,让咪咪的病情好转。可世

第五章 人间自有真情在

界上是没有什么奇迹的，咪咪的病一天一天地严重起来。它不想回家，喜欢在房外荷塘边上石头缝里待着，或者藏在小山的树木丛里。它再也不在夜里睡在我的被子上了。每当我半夜里醒来，觉得棉被上轻飘飘的，我惘然若有所失，甚至有点悲伤了。我每天凌晨起来，第一件事情就是拿着手电到房外塘边山上去找咪咪。它浑身雪白，是很容易找到的。在薄暗中，我眼前白白地一闪，我就知道是咪咪。见了我，"咪噢"一声，起身向我走来。我把它抱回家，给它东西吃，它似乎根本没有胃口。我看了直想流泪。有一次，我拖着疲惫的身子，走几里路，到海淀的肉店里去买猪肝和牛肉。拿回来，喂给咪咪，它一闻，似乎有点想吃的样子；但肉一沾唇，它立即又把头缩回去，闭上眼睛，不闻不问了。

有一天傍晚，我看咪咪神情很不妙，我预感要发生什么事情。我唤它，它不肯进屋。我把它抱到篱笆以内，窗台下面。我端来两只碗，一只盛吃的，一只盛水。我拍了拍它的脑袋，它偎依着我，"咪噢"叫了两声，便闭上了眼睛。我放心进屋睡觉。第二天凌晨，我一睁眼，三步并作一步，手里拿着手电，到外面去看。哎呀不好！两碗全在，猫影顿杳。我心里非常难过，说不出是什么滋味。我手持手电找遍了塘边，山上，树后，草丛，

/ 糊涂一点　潇洒一点 /

深沟，石缝。有时候，眼前白光一闪。"是咪咪！"我狂喜。走近一看，是一张白纸。我嗒然若丧，心头仿佛被挖掉了点什么。"屋前屋后搜之遍，几处茫茫皆不见。"从此我就失掉了咪咪，它从我的生命中消逝了，永远永远地消逝了。我简直像是失掉了一个好友，一个亲人。至今回想起来，我内心里还颤抖不止。

在我心情最沉重的时候，有一些通达世事的好心人告诉我，猫们有一种特殊的本领，能知道自己什么时候寿终。到了此时此刻，它们决不待在主人家里，让主人看到死猫，感到心烦，或感到悲伤。它们总是逃了出去，到一个最僻静、最难找的角落里，地沟里，山洞里，树丛里，等候最后时刻的到来。因此，养猫的人大都在家里看不见死猫的尸体。只要自己的猫老了，病了，出去几天不回来，他们就知道，它已经离开了人世，不让举行遗体告别的仪式，永远永远不再回来了。

我听了以后，憬然若有所悟。我不是哲学家，也不是宗教家，但读过不少哲学家和宗教家谈论生死大事的文章。这些文章多半有非常精辟的见解，闪耀着智慧的光芒，我也想努力从中学习一些有关生死的真理。结果却是毫无所得。那些文章中，除了说教以外，几乎没有什么有用的东西。大半都是老生常谈，不能解决什么实际问题，没能给我留下深刻的印象。现在看来，倒是猫们临终时的所作所为，即使仅仅是出于本能吧，却给了我很大的启发。人们难道就不应该向猫们学习这一点经验吗？有生必有死，这是自然规律，谁都逃不过。中国历史上赫赫有名的人物，秦皇、汉武，还有唐宗，想方设法，千方百计，想求得长生不老。到头来仍然是"竹篮子打水一场空"，只落得黄土一抔，"西风残照汉家陵阙"。我辈平民百姓又何必煞费苦心呢？一个人早死几个小时，或者晚死几个小时，甚至几天，实在是无所谓的小事，绝影响不了地球的转动、社会的前进。再退一步想，现在有些思想开明的人士，不想长生不死，不想在大地上再留黄土一抔；甚至开明到不要遗体告别，不要开追悼会。但是仍会给后人留下一些麻烦：登报，发讣告，还要打电话四处通知，总得忙上一阵。何不学一学猫们呢？它们这样处理生死大事，干得何等干净利索呀！一点痕迹也不留，走了，走了，永远地走了，让这花花世界的人们不见猫尸，用不着落泪，照旧做着花花世界的梦。

我忽然联想到我多次看过的敦煌壁画上的西方净土变。所谓"净土"，指的就是我们常说的天堂、乐园。是许多宗教信徒烧香念佛，查经祷告，甚至实行苦行，折磨自己，梦寐以求想到达的地方。据说在那里可以享受天福，得到人世间万万得不到的快乐。我看了壁画上画的房子、街道、树木、花草，以及大人、小孩，林林总总，觉得十分热闹。可我觉得没有什么出奇之处。只有一件事给我留下了永不磨灭的印象，那就是，那里的人们都是笑口常开，没有一个人愁眉苦脸，他们的日子大概过得都很惬意。不像在我们人间有这样许多不如意的事情，有时候办点事，还要找后门，钻空子。在他们的商店里——净土里面还实行市场经济吗？他们还用得着商店吗？——售货员大概都很和气，不给人白眼，不训斥"上帝"，不扎堆闲侃，不给人钉子碰。这样的天堂乐园，我也真是心向往之的。但是给我印象最深，使我最为吃惊或者羡慕的还是他们对待要死的人的态度。那里的人，大概同人世间的猫们差不多，能预先知道自己寿终的时刻。到了此时，要死的老嬷嬷或者老头，健步如飞地走在前面，身后簇拥着自己的子子孙孙、至亲好友，个个喜笑颜开，全无悲戚的神态，仿佛是去参加什么喜事一般，一直把老人送进坟墓。后事如何，壁画不是电影，是不能动的。然而画到这个程序，以后的事尽在不言中。如果一定要画上填土封坟，反而似乎是多此一举了。我觉得，净土中的人们给我们人类争了光。他们这一手比猫们又漂亮多了。知道必死，而又兴高采烈，多么豁达！多么聪明！猫们能做得到吗？这证

第五章　人间自有真情在

明，净土里的人们真正参透了人生奥秘，真正参透了自然规律。人为万物之灵，他们为我们人类在同猫们对比之下真真增了光！真不愧是净土！

上面我胡思乱想得太远了，还是回到我们人世间来吧。我坦白承认，我对人生的奥秘参透得还不够，我对自然规律参透得也还不够。我仍然十分怀念我的咪咪。我心里仿佛有一个空白，非填起来不行。我一定要找一只同咪咪一模一样的白色波斯猫。后来果然朋友又送来了一只，浑身长毛，洁白如雪，两只眼睛全是绿的，亮晶晶像两块绿宝石。为了纪念死去的咪咪，我仍然为它命名"咪咪"，见了它，就像见到老咪咪一样。过了大约又有一年的光景，友人又送了我一只据说是纯种的波斯猫，两只眼睛颜色不同，一黄一蓝。在太阳光下，黄的特别黄，蓝的特别蓝，像两颗黄蓝宝石，闪闪发光，竞妍争艳。这只猫特别调皮，简直是胆大无边，然而也因此就更特别可爱。这一下子又忙坏了虎子，它认为这两只小猫都是自己的亲生女儿，硬逼着它们吮吸自己那干瘪的奶头。只要它走出去，不知在什么地方弄到了小鸟、蚱蜢之类，就带回家来，给两只小猫吃。好久没有听到的"咪噢"唤小猫的声音，现在又听到了。我心里漾起了一丝丝甜意。这大大地减轻了我对老咪咪的怀念。

可是岁月不饶人，也不会饶猫的。这一只"土猫"虎子已经活到十四岁。据通达世情的人们说，猫的十四岁，就等于人的八九十岁。这样一来，我自己不是成了虎子的同龄"人"了吗？这个虎子却也真怪。有时候，颇现出一些老相。两只炯炯有神的眼睛里忽然被一层薄膜蒙了起来。嘴里流出了哈喇子，胡子上都沾得亮晶晶的。不大想往屋里来，日日夜夜趴在阳台上蜂窝煤堆上，不吃，不喝。我有了老咪咪的经验，知道它快不行了。我也跑到海淀，去买来牛肉和猪肝，想让它不要饿着肚子离开这个世界。我随时准备着：第二天早晨一睁眼，虎子不见了。结果虎子并没有这样干。我天天凌晨第一件事就是来看虎子；隔着窗子，依然黑乎乎的一团，卧在那里。我心里感到安慰。有时候，它也起来走动了。我在本文开头时写的就是去年深秋一个下雨天我隔窗看到的虎子的情况。

到了今天，半年又过去了。虎子不但没有走，而且顽健胜昔，仍然是天天出去。有时候在晚上，窗外的布帘子的一角蓦地被掀了起来，一个丑角似的三花脸一闪。我便知道，这是虎子回来了，连忙开门，放它进来。大概同某一些老年人一样——不是所有的老年人——到了暮年就改恶向善，虎子的脾气大大地改变了。几乎再也不咬人了。我早晨摸黑起床，写作

第五章　人间自有真情在

看书累了，常常到门外湖边山下去走一走。此时，我冷不防脚下忽然踢着了一团软乎乎的东西。这是虎子。它在夜里不知道在什么地方待了一夜，现在看到了我，一下子蹿了出来，用身子蹭我的腿，在我身前和身后转悠。它跟着我，亦步亦趋；我走到哪里，它就跟到哪里，寸步不离。我有时故意爬上小山，以为它不会跟来了，然而一回头，虎子正跟在身后。猫是从来不跟人散步的，只有狗才这样干。有时候碰到过路的人，他们见了这情景，都大为吃惊。"你看猫跟着主人散步哩！"他们说，露出满脸惊奇的神色。最近一个时期，虎子似乎更精力旺盛了，它返老还童了。有时候竟带一个它重孙辈的小公猫到我们家阳台上来。"今夜我们相识。"虎子用不着介绍就相识了。看样子，虎子一去不复返的日子遥遥无期了。我成了拥有三只猫的家庭的主人。

我养了十几年猫，前后共有四只。猫们向人们学习什么，我不通猫语，无法询问。我作为一个人却确实向猫学习了一些有用的东西。上面讲过的处理死亡的办法，就是一个例子。我自己毕竟年纪已经很大了，常常想到死的问题。鲁迅五十多岁就想到了，我真是瞠乎后矣。人生必有死，这是无法抗御的。而且我还认为，死也是好事情。如果世界上的人都不死，连我们的轩辕老祖和孔老夫子今天依然峨冠博带，坐着奔驰车，到天安门去遛弯，你想人类世界会成一个什么样子！人是百代的过客，总是要走过去的，这绝不会影响地球的转动和人类社会的进步。每一代人都只是一场没有终点的长途接力赛的一环。前不见古人，后不见来者，是宇宙常规。人老了要死，像在净土里那样，应该算是一件喜事。老人跑完了自己的一棒，把棒交给后人，自己要休息了，这是正常的。不管快慢，他们总算跑完了一棒，总算对人类的进步作出了贡献，总算尽上了自己的天职。年老了要退休，这是身体精神状况所决定的，不是哪个人能改变的。老人们会不会感到寂寞呢？我认为，会的。但是我觉得，这寂寞是顺乎自然的，从伦理的高度来看，甚至是应该的。我始终主张，老年人应该为青年人活着，而不是相反。青年人有接力棒在手，世界是他们的，未来是他们的，希望是他们的。吾辈老年人的天职是尽上自己仅存的精力，帮助他们前进，必要时要躺在地上，让他们踏着自己的躯体前进，前进。如果由于害怕寂寞而学习《红楼梦》里的贾母，让一家人都围着自己转，这不但是办不到的，而且从人类前途利益来看是犯罪的行为。我说这些话，也许有人怀疑，我是不是碰到了什么不如意的事，才说出这样令某些人骇怪的话来。不，

第五章 人间自有真情在

不，决不。我现在身体顽健，家庭和睦，在社会上广有朋友，每天照样读书、写作、会客、开会不辍。我没有不如意的事情，也没有感到寂寞。不过自己毕竟已逾耄耋之年，面前的路有限了。不免有时候胡思乱想。而且，我同猫们相处久了，觉得它们有些东西确实值得我们学习，我们这些万物之灵应该屈尊一下，学习学习。即使只学到猫们处理死亡大事这一手，我们社会上会减少多少麻烦呀！

"那么，你是不是准备学习呢？"我仿佛听到有人这样质问了。是的，我心里是想学习的。不过也还有些困难。我没有猫的本能，我不知道自己的大限何时来到。而且我还有点担心。如果我真正学习了猫，有一天忽然偷偷地溜出了家门，到一个旮旯里、树丛里、山洞里、河沟里，一头钻进去，藏了起来，这样一来，我们人类社会可不像猫社会那样平静，有些人必然认为这是特大新闻，指手画脚，喊喊喳喳。我的亲属和朋友也必将派人出去寻找，派的人也许比寻找彭加木的人还要多。这是多么可怕的事呀！因此我就迟疑起来。至于最后究竟何去何从？我正在考虑、推敲、研究。

1992 年 2 月 17 日